KB206691

무지개를 품은 씨앗

김현경 시인과 소년 · 소녀의 시 이야기

무지개를 품은 씨앗

김현경 시인과 소년 · 소녀의 시 이야기

김현경 시인과 24명의 작은 시인

시집을 내며

아이들과 함께 창밖을 내다봅니다. 길을 걷던 사람들은 멈춰서 하늘을 바라봅니다. 쏟아지던 비가 그치고 흐린 하늘이 맑아져 무지개가 떴네요. 우리가 아는 무지개는 일곱 빛깔. 그런데 자세히 보면 셀 수 없이 많은 색이 모이고 모여서 무지개를 만들었어요. 그래서일까요? 무지개가 주는 특별한 감동은 마음속에 오래 남습니다.

무지개를 가슴에 품은 작은 시인 24명이 있습니다. 이 시인들과 작은 씨앗 하나를 심었습니다. 무지개를 품은 씨앗은 자라서 무엇이 될까요? 한 송이 화려한 꽃일까요? 소소한 행복을 주는 작은 풀꽃일까요? 아니면 나무일까요? 중요한 것은 따스한 햇살과 맑은 물, 다정한 보살핌이 필요하다는 것이에요.

씨앗이 자라서 무엇이 되든지 다 좋아요. 시를 통해 희망을 꿈꾸는 행복한 친구들이 되었으면 합니다. 그리고 세상에 희망을 나누어 주는 친구들이 되었으면 합니다.

24명의 작은 시인들을 응원해 주신 분들께 감사한 마음을 전합니다. 함께하는 이 순간, 무지개를 품은 씨앗이 얼굴을 내밀고 우리를 바라보고 있네요.

시인 김현경

24명의 작은 시인들

김대현 영일초 5학년
김지후 태장초 6학년
조성연 잠원초 6학년
최가원 영일초 6학년
강정규 다원중 1학년
김민유 매현중 1학년
김지혜 태장중 1학년
손지우 영일중 1학년
유수빈 영일중 1학년
윤효재 영일중 1학년
이태석 영일중 1학년
정찬호 영일중 1학년
최지오 다산중 1학년
민정원 영일중 2학년
유현서 잠원중 2학년
이서준 태장중 2학년
이은지 영일중 2학년
임동혁 영일중 2학년
조효준 망포중 2학년
김현서 잠원중 3학년
유혜림 영일중 3학년
진예원 영일중 3학년
최인성 영일중 3학년
최서영 영덕고 1학년

차
례

3.
내 마음속에 찰칵

잠원 초등학교 6학년 조성연

4.
엄마의 예언

영일 초등학교 6학년 최가원

5.
친구와 함께라면
다원 중학교 1학년 강정규

6.
소나무
매현 중학교 1학년 김민유

7.
무지개를 품은 씨앗
태장 중학교 1학년 김지혜

8.
빗방울 놀이터
영일 중학교 1학년 손지우

9.
희망 하늘
영일 중학교 1학년 유수빈

10.
태풍
영일 중학교 1학년 윤효재

11.
꽃씨 속에
영일 중학교 1학년 이태석

12.
엄마와 바닷가에서
영일 중학교 1학년 정찬호

13.

나무들의 무도회

다산 중학교 1학년 최지오

14.

가방

영일 중학교 2학년 민정원

15.

소나기 우정

잠원 중학교 2학년 유현서

16.

가을밤의 겨울잠

태장 중학교 2학년 이서준

17.
폭죽
영일 중학교 2학년 이은지

18.
사계절의 색칠놀이
영일 중학교 2학년 임동혁

19.
가을 길
망포 중학교 2학년 조효준

20.
꿈나무
잠원 중학교 3학년 김현서

21.
가을 하늘
영일 중학교 3학년 유혜림

22.
소년과 소녀
영일 중학교 3학년 진예원

23.
새로운 하루의 시작
영일 중학교 3학년 최인성

24.
날아온 씨앗 하나
영덕 고등학교 1학년 최서영

1.
초코의 여행

\
영일 초등학교 5학년 김대현

처음에는 시를 쓰는 게 많이 어려웠어요. 하지만 먹고 싶은 것 또는 갖고 싶은 것 등 제가 생각하고 있던 것을 시로 쓰니까 5분 만에 시를 쓴 적이 있습니다. 그 시들이 지금 시집에 실려 있어요. 참 놀랍고 신기해요.

시는 다른 사람에게 제 마음을 전하는 거예요. 사람들에게 제 시로 마음을 전하고 싶습니다.

초코의 여행

우유에 퐁당퐁당 코코아를 살살살
코코아와 우유에 설탕을 넣고서
동생과 아이스크림을 달콤하게 먹어요

고소한 우유에다 코코아를 솔솔솔
얼음을 함께 넣고 슬러시 만들어서
친구와 뛰어 놀다가 시원하게 먹어요.

노을바다

붉은 해가 바다 위에 있다
갈매기가 동그라미처럼 돌고 있다
푸른 바다가 빛나고 있다
밤이 다가오자 사라지기 싫은 해.

나뭇잎

가을이 되면 나뭇잎이 떨어지네
나뭇잎이 갈색이 되면
우리의 길을 안내하네

단풍잎과 은행잎은
가을의 색을 입고 길에 떨어지네
개미들도 가을이 좋다고 말하네
나뭇잎들은 길을 둘러싸
바람을 타고 춤을 추네.

봄이 담긴 씨앗

봄에 씨앗을 심고 물을 주면
싹이 톡톡 튼다

싹은 계속 햇빛을 받고
물을 주니 꽃이 핀다

꽃이 피면 봄의 향기가 난다.

노을이 핀 바다

넓고 푸른 바다에
태양이 비치네
그 바다의 이름은
노을이 핀 바다

바다를 헤매는 사람은
노을을 보면 여름 속으로
들어가게 된다

여름은 꽃의 마음과
바다의 마음을
피어나게 한다.

나무의 시작

뿌리가 자라면 나무가 자란다
나무가 자라면 나뭇잎이 자란다
나무는 모든 동물과 사람들의 쉼터이다.

여름

햇빛이 아주 많은 여름이 왔다네
매미는 맴맴맴 시냇물은 졸졸졸
친구가 모두 모여서 항상 같이 놀고 있네

여름에 모두가 함께 모여 친구되네
팥빙수와 슬러시를 맛있게 먹고선
다 함께 여름이 좋다고 신나게 말하네.

사계절

분홍, 파랑, 빨강, 하양
우리는 사총사

분홍은 따뜻한 봄
파랑은 바다에 가고 싶은 여름
빨강은 길이 색으로 물드는 가을
하양은 발자국이 새겨지는 겨울.

대현이는 간식을 먹다가 「초코의 여행」을, 친구들과 슬러시를 먹으며 놀다가 「여름」 시를 썼어요. 대현이의 시에는 순수한 아이의 마음이 그대로 담겨 있습니다. 「초코의 여행」에서는 우유에 퐁당퐁당 코코아를 살살살 넣고 동생과 아이스크림을 만들어 먹는 대현이의 모습이, 「여름」에서는 햇빛이 아주 뜨거운 날에도 친구들과 놀면서 팥빙수와 슬러시를 먹는 대현이. 그런데 그런 여름이 참 좋다고 신나게 말하는 대현이의 모습에 미소가 지어집니다.

대현이는 사물에 대한 관찰력이 돋보이는 꼬마 시인입니다. 「나뭇잎」은 나무에서 떨어진 나뭇잎과 그 주위를 시로 표현했는데요. 가을의 색을 찾은 단풍잎과 은행잎, 그 잎들을 보며 춤추는 개미를 의인화하여 가을의 풍경을 잘 표현했습니다.

「나무의 시작」 역시 나무를 관찰하면서 자연의 순환을 시로 표현했습니다. 뿌리가 자라면 나무가 자라고, 나무가 자라면 나뭇잎이 자랍니다. 나무는 모든 동물과 사람들의 쉼터라는 시인의 생각은 자연을 소중히 여기는 철학이 담겨 있습니다.

대현이의 「봄이 담긴 씨앗」이 참 좋습니다. 봄에 씨앗을 심고 물을 주면 싹이 트고, 싹이 햇빛을 받고 물을 주면 꽃이 핍니다. 그 꽃에는 봄의 향기가 나네요. 봄의 씨앗이 봄의 향기가 되었습니다. 대현이에게는 행복의 향기가 납니다. 웃고 있는 대현이의 모습을 보고 있으면 함께 행복해지거든요. 대현이가 대현이 스스로에게 따뜻한 햇빛과 물을 주어 멋진 꽃을 피우길 바랍니다.

대현아, 너는 참 소중한 아이야. 그리고 사랑스러운 아이야. 사랑해!

2.
내 집 앞 나뭇잎

\
태장 초등학교 6학년 김지후

아침에 일어나서 보이는 것이 침대, 구름, 그리고 비였습니다. 그래서 저는 매일 보았던 침대, 구름, 비를 시로 지었습니다.

처음에는 시를 못 쓴다고 여겼는데 시조 대회에서 상을 받았습니다. 그때 모든 것은 노력을 해야지 얻을 수 있다는 것을 배웠습니다. 그 후 제 주위에 있는 모든 사물은 시의 소재가 되는 친구가 되었습니다.

바람

바람개비 바람으로
빙글빙글 돌아간다

나무들도 설렘으로
흔들흔들 흔들린다

민들레 호호호 불어
하늘 높이 띄운다.

내 집 앞 나뭇잎

내 집 앞 나뭇잎이
부스스 날아가다 떨어지네

나도 나뭇잎처럼 날아가네
나뭇잎도 나도 날아가네.

들판의 민들레

들판에 민들레가 피었네
지난번에 떨어졌던 민들레 홀씨
이제 다 커서 하얀 아기들을 뿌리네
아기들은 바람을 타고 가네.

친구

나무 사이에 은색갈대
나무를 안고 있다
나무는 갈대를 보호하고
갈대는 나무를 따뜻하게 해 준다
갈대와 나는 함께 자란다.

시계

시계가 짹깍짹깍 학교가 끝이 난다
시계가 짹깍짹깍 학원도 끝이 난다
이제야 놀 수가 있네 너무너무 힘드네

내일도 짹깍짹깍 시계는 안 힘들까
하루도 쉴 새 없이 시계는 짹깍짹깍
오늘도 쉬지 않고도 짹깍짹깍 거리네

내일도 다음 날도 시계는 짹깍짹깍
그런데 짹깍짹깍 소리가 안 들리네
시계는 소리 내지 않네 너무너무 슬프네.

태풍

태풍아
너는 나를 힘들게 해

비와 바람을
같이 몰고 와서
우리집은 곤란해

태풍 때문에
내 마음이 슬퍼지는구나.

단풍

가을이 왔네
나무들이 옷을 갈아입네

빨간 옷, 노란 옷으로
우리도 같이
따스한 옷으로 갈아입네

우리 마음도
같이 따스해지네.

구름

구름은 더울 때
해를 가려
시원하게 해 주네

구름은 비를 내려
농사를 지을 수 있게 해 주네

구름아, 너는 세상에서
고마운 지구의 친구야.

지후의 시에는 주위에서 볼 수 있는 사물이 주인공입니다. '바람, 나뭇잎, 민들레, 시계, 구름' 등. 지후의 시는 간결하고 깔끔한데 따뜻함이 있습니다. 평소의 지후 모습이 그대로 시가 된 것 같습니다.

지후는 시를 쓸 때 시적상황과 자신을 동일시하여 독자에게도 공감을 주고 있습니다. 「내 집 앞 나뭇잎」은 날아가는 나뭇잎을 보며 자신도 함께 날아간다고 표현을 했네요. 「친구」 에서는 나무 사이의 은색 갈대가 나무를 안고 있고, 나무도 갈대를 보호합니다. 지후는 어느새 나무가 되어 갈대와 함께 자랍니다.

「태풍」은 솔직한 지후의 성격이 드러납니다. 태풍이 온다던 어느 날, 지후가 이 시를 썼는데요. '태풍아, 너는 나를 힘들게 해/ 비와 바람을 같이 몰고 와서 우리집은 곤란해/ 태풍 때문에 내 마음이 슬퍼지는구나'라며 가족을 걱정하는 시인의 마음이 솔직하게 표현되어 웃음과 안타까움을 함께 전해줍니다.

지후는 시조대회에서 수상을 할 정도로 시조를 잘 씁니다. 「바람」은 시조의 형식을 정확하게 지키면서도 의성어, 의태어를 적절하게 잘 살리고 있습니다. 또한 바람이 불면 나무들이 설렘으로 흔들흔들 흔들린다는 표현은 참으로 놀랍습니다.

「시계」는 3수로 된 연시조입니다. '시계'라는 하나의 소재를 3수로 이끌어낸 것도 대견한데, 쉬지 않고 움직이는 시계와 바쁘게 학교와 학원 생활을 하는 시인의 생활을 비교한 점, 멈춰버린 시계를 보며 슬퍼하는 시인의 모습은 감동을 줍니다.

"지후야~"하고 부르면 씩 웃으면서 "네"하고 대답하던 지후. 3학년때 만난 장난꾸러기 꼬맹이가 어느새 6학년이 됩니다. 함께 울고 웃던 그 시간. 눈이 동그랗고 까맣던 다이아몬드(지후)가 많이 보고 싶을 것 같아요.

3.

내 마음속에 찰칵

\

잠원 초등학교 6학년 조성연

잠을 자는 것, 밥을 먹는 것, 공부를 하는 것은 누구를 위한 것일까요? 바로 자신을 위한 것입니다.

그럼 시는 누굴 위해 쓰는 것이라고 생각하세요? 저는 사람들을 위해 쓰는 것이라고 생각합니다. 제 시를 읽고 다른 사람들에게 따뜻한 위로가 되길 바라기 때문입니다.

행복한 순간들

꽃동산에서 웃고 떠들며
뛰어놀던 순간들

행복한 순간들을
가만히 떠올려 본다

행복한 순간은
언제나 내 곁에 있다.

엄마랑 가을 나들이

오늘은 엄마랑
나들이 가는 날

엄마랑 둘이 손잡고
가을 길을 걷는다

같이 맛있는 것도 먹고
노래도 듣고

가을 길을 걸으며
가을소리 듣는다

톡톡
빨간 잎이 떨어진다.

내 마음속에 찰칵

따뜻한 햇살을
내 마음속에 찰칵

하얀 눈 속에
숨어 있는 꽃 한 송이를
내 마음속에 찰칵

찰칵, 찰칵
내 마음속 풍경들.

하얀 나비

하얀 나비가 가족을 위해
꿀을 구하고 있다

이리저리 돌아다니다 보니
너무 힘들어
분홍색 코스모스 위에서 쉬고 있다

하얀 나비가 가족을 위해
얼른 힘을 내야 할 텐데.

무지개 마음

화나서 발끈하는 마음
기뻐서 날뛰는 마음
놀라서 뒷걸음질을 치는 마음
졸려서 꼬박거리는 마음

마음의 색은 알록달록하다
무지개처럼.

날아가라, 나쁜 마음

사람들은 누구나
나쁜 마음을 가진다
나도 모르게
마음이 그렇게 변해 버린다

그럴 땐, 나쁜 마음이
멀리 날아갔으면 좋겠다
아름답게 날아가는 비눗방울처럼

나쁜 마음아, 모두 날아가라.

엄마 잔소리

아침이 되면
하품소리와 함께 들려오는
따가운 목소리

공부하려 하면 들려오는
지겨운 목소리

제일 싫은 말이지만
나를 위하는 따뜻한 목소리.

외딴섬

바다 한 가운데
혼자 쓸쓸하게 서 있는
외톨이 바위

주위에는
무섭게 밀려오는
집채만한 파도

지나가는 새들이
잠시 들리긴 하지만
그것도 아주 잠깐뿐

그래도 언젠가
외딴섬을 향해
따뜻한 발길이 있겠지.

동그란 얼굴에 개구쟁이 미소가 사라지면서 눈은 반짝반짝. 바로 시를 쓰는 성연이의 모습입니다.

성연이의 시는 긍정적이면서 따뜻합니다. 「행복한 순간들」에서 시인은 웃고 떠들며 뛰어 놀던 꽃동산의 추억을 떠올려 봅니다. 그리고는 행복은 언제나 내 곁에 있다고 말합니다.

「내 마음속에 찰칵」에서는 따뜻한 햇살, 하얀 눈 속에 숨어 있는 꽃 한 송이를 내 마음에 찰칵하고 담습니다. 주위에 있는 일상적인 것이 성연이의 마음에 들어오면 따뜻한 풍경을 지닌 시가 됩니다.

성연이의 시에는 가족에 대한 사랑도 듬뿍 담겨 있습니다. 「하얀 나비」 에서는 분홍 꽃 위해서 힘들어 쉬고 있는 햐얀 나비를 바라보며 가족을 위해 얼른 힘을 내라는 시인의 안타까운 마음이 느껴집니다.

「엄마 잔소리」에서는 엄마의 잔소리가 싫지만 자신을 위한 것임을 아는 사춘기 꼬마 소녀의 마음이 잘 드러나 있습니다.

「엄마랑 가을 나들이」는 성연이가 4학년때 지은 시인데요. 엄마와 함께 손잡으며, 맛있는 것도 먹고, 노래도 듣고, 가을

소리를 듣는 시인의 행복한 모습이 한 장의 사진 같습니다. 특히 마지막 연에 엄마와 시인의 머리 위에 톡톡 떨어지는 빨간 잎은 시인의 행복한 마음이 함축되어 있습니다.

성연이의 시는 봄햇살입니다. 시를 쓰는 성연이의 모습에서도, 완성된 시에서도 봄햇살처럼 따뜻하기 때문입니다. 봄의 햇살이 더 아름다운 이유는 겨울을 이기고 앞으로 다가올 희망이 설레기 때문이겠죠? 성연이는 이미 사람들을 위로하는 봄햇살 시인이에요.

4.
엄마의 예언

영일 초등학교 6학년 최가원

저의 꿈은 글을 쓰는 작가입니다. 식물들이 자랄 때 거름이 필요한 것 같이 이 시집은 저의 꿈을 이루는데 첫 거름이 될 것입니다.

시를 읽는 사람들이 시를 통해서 공감하고 위로를 받았으면 하는 소망입니다. 저에게 시는 삶을 표현하는 방법입니다. 서투르지만 저의 생활을 표현한 시를 읽어주시기 바랍니다.

새벽 바다

하루 종일 놀고 나니
새벽 바다에 붉은 노을이 보이네

새벽이 지나가기 전에
바다에 살포시 내려앉네

노을을 보며 바다와 함께
하지 못한 이야기를 하네

바다와 편히 쉬는 새벽.

빨간 연등

깊은 산속 들어가면
숨어 있는 연등들

혼자 데롱데롱 흔들리는
불빛 켠 빨간 연등
점점 사람들이 몰려온다

조금씩 생겨나는 연등들
그중 빼꼼 삐져나온 저 빨간 연등

혼자 있느라 외롭지 않았을까?

비눗방울

앞에 있는 작은아이 비눗방울을 날린다
뽀글뽀글 비눗방울 둥실둥실 날아간다
설레는 비눗방울처럼 나도 같이 둥실둥실.

민들레 씨앗

우리 집 마당에
심어 있는 민들레

후후 불면
날아가는 민들레 씨앗

뛰어가도 잡을 수 없는
민들레 씨앗

섭섭한 마음을 숨겨둔다
내 마음에 꼭꼭.

놀이동산

놀이동산에 입장할 때는
가슴이 두근두근

놀이 기구 줄 설 때는
힘들어 투덜투덜

놀이 기구를 탈 때는
신나서 키득키득

놀이동산은 나를
재밌고 들뜨게 하는 나라.

엄마의 예언

매일 같이 쏟아지는
엄마의 예언

우산 가져가라
자켓 가져가라

무시하고 가면
힘든 하루

믿고 가면
운 좋아지는 하루.

메아리

산꼭대기에서 부르면
똑같이 대답하는 메아리

좋은 말을 하면
좋은 말로 되돌아오고

나쁜 말을 하면
나쁜 말로 되돌아온다.

메아리는 나의 하나 뿐인 도덕책.

나뭇잎

나뭇가지에서 팔랑팔랑 떨어지네
다른 나뭇잎과 닿을락 말락

어? 바람과 함께 미끄럼틀을 슝슝 탄다
나뭇잎이 친구를 만나러 가는 것처럼

친구들이 하하호호하며 반갑게 맞이하네
친구와 룰루랄라 춤을 추네.

시를 쓰는 가원이는 놀이터에서 신나게 노는 것처럼 보입니다. 가원이는 주위를 쓱 둘러보고는 뚝딱뚝딱 시를 씁니다. 가원이의 시를 읽다 보면 저도 놀이 기구를 탄 느낌이에요. 그래서 저도 모르게 '하하' 웃게 됩니다.

「빨간 연등」은 깊은 산속에 들어가면 숨어 있는 연등들, 그 중에 빨간 연등이 '빼꼼' 삐져 나온다는 표현은 참 앙증맞습니다. 그런데 곧 '혼자 있느라 외롭지 않았을까?'라고 묻는 순간, 분위기가 차분하게 전환됩니다.

「비눗방울」에서 뽀글뽀글 비눗방울은 둥실둥실 날아갑니다. 설레는 비눗방울처럼 시적화자도 같이 둥실둥실 날아갑니다. 날아가는 비눗방울에 자신의 마음을 투사하면서 '둥실둥실' 의태어로 마무리를 지었습니다.

「놀이동산」에서 입장할 때 '두근두근', 줄을 설 때는 '투덜투덜', 놀이 기구를 탈 때는 '키득키득'거리를 화자의 마음이 의성어와 의태어만으로도 생생하게 표현했어요. 가원이의 의성어, 의태어 사용이 놀랍습니다.

가원이는 반복의 효과로 운율의 미를 보여주는 꼬마 시인입니다. 「엄마의 예언」은 누구나 한 번쯤은 경험해 보았을 이야기예요. 매일같이 쏟아지는 엄마의 잔소리 예언. 그런데

'무시하면 힘든 하루, 믿고 가면 운 좋아지는 하루'라는 표현에서는 어린이와 어른 모두에게 고개를 끄덕이게 합니다.

가원이는 '시는 자신의 삶을 표현하는 방법'이라고 말했습니다. 그런데 가원이의 시는 꾸밈이 없고 가원이의 일상적인 소재로 자신을 표현했어요. 그러니 '자신의 삶을 표현하는 방법'이 맞네요.

시 쓰기를 좋아하는 가원이가 오래 기억에 남을 것 같습니다. 지금처럼 시를 즐기는 가원이를 상상해 봅니다. 가원이의 시로 세상이 사랑으로 가득 채워지는 것을요.

5.
친구와 함께라면

다원 중학교 1학년 강정규

어릴 때부터 썼던 시들을 보니 그 동안에 시를 썼던 추억들이 생각나 마음이 찡하네요. 예전에는 시를 어떻게 쓰는지 몰라 어렵게 느껴졌지만 논술 수업을 다니고 백일장이나 대회를 나가면서 시를 어떻게 쓰는지 알아가면서 점점 시 쓰는 것이 쉽고 재미있어졌습니다.

제가 쓴 시가 시집으로 나온다니 정말 뜻깊은 경험이 될 것 같습니다. 김현경 선생님, 이런 경험을 하게 해 주셔서 감사합니다.

친구와 함께라면

외로운 새 한 마리 가로등에 앉아서
깜깜한 하늘을 바라보다 날아간다
친구를 만나기 위해 다시 한 번 힘낸다

친구와 함께라면 힘들지 않으니까
친구와 함께라면 재밌고 신나니까
보고픈 친구 찾아서 새벽하늘 맴돈다.

솔잎의 사계절

뾰족뾰족한 나
찔리면 아픈 나
사시사철 옷도 갈아입지 않고
소나무와 살고 있는 나
나도 친구들처럼 옷 갈아입고 싶다.

바람의 심술

바람이 깡충깡충
나에게 뛰어오네

바람은 심심해
심술을 부리네

휘리릭 빙그르르르
나는 나는 돌아가네.

봄비

하늘에서 비가 내린다
토닥토닥 흙을 적신다
토독토독 나무를 적신다

봄비가 적신 자연이 쑥쑥
봄비가 나와 함께 웃는다.
나는 봄비를 맞으며 자란다.

떨어지는 낙엽

떨어지는 낙엽은 어디로 갈까?
바람에 휩쓸려 떠나가겠지

어디로 가는지도 모른 채
떠나가겠지

새로운 곳으로
떠나가겠지

나는 어디로 가는지 모른 채
가을을 지낸다.

피고 싶은 꽃

아직 피지 않은 어린 꽃
빨갛게 피어나려 한다

그 옆에 이미 핀 꽃
다정하게 응원하고 있다.

그 한마디

온 세상이 뜨거운 태양아래
힘들어 할 때도

행복하다고 말하고
고맙다고 말하고

이렇게 말하면
입과 마음은 순해져
넓고 푸른 바다가 됩니다.

낙엽

한때는 푸르고 맑았던 잎
지금은 떨어지고 색이 바랜 잎
더 이상 쓸모가 없어진 잎
우린 그걸 낙엽이라 부른다

낙엽이 되기 싫었던
잎이 떨어졌다.

정규의 시에는 사물에 대한 따뜻한 마음과 친구를 소중히 여기는 시인의 마음이 담겨있습니다. 「솔잎의 사계절」, 「떨어지는 낙엽」, 「낙엽」은 가을에 정규와 야외에서 함께 쓴 시입니다. 정규는 솔잎과 낙엽을 바라봅니다. 그리고 그 대상이 되어 시를 씁니다.

「솔잎의 사계절」은 '뾰족뾰족한 나/ 찔리면 아픈 나/ 사시사철 옷도 갈아입지 않고/ 소나무와 살고 있는 나'에서 솔잎이 나옵니다. 그 솔잎은 옷을 갈아입고 싶어 합니다. 「떨어지는 낙엽」은 바람에 휩쓸려 어디로 가는지 모른 채 떠나가는 가을의 모습이 그려집니다. 「낙엽」에서는 푸르고 맑았던 잎이 더 이상 쓸모가 없어지자 낙엽은 쓸쓸하게 떨어집니다. 세 시를 읽으면 외로운 시인의 마음으로 느껴집니다. 그런데 평소 남을 배려하는 정규의 마음을 알면 시인이 사물에 대해 안타까워하는 마음이 더 큼을 느낄 수 있습니다.

정규의 시에서 '친구'는 중요한 소재입니다. 「친구와 함께라면」에서는 가로등에 앉아 있는 외로운 새 한 마리가 있습니다. 친구와 함께하면 힘들지 않고 재미있고 신나니 보고픈 친구를 찾아서 새는 힘을 냅니다.

「피고 싶은 꽃」에서는 두 꽃이 등장합니다. 활짝 핀 꽃과,

이제 피어나려는 꽃. 그런데 먼저 핀 꽃은 곧 필 꽃을 다정하게 응원하고 있네요. 정규는 의젓한데 배려하는 성격이라 인기가 많아요. 이런 정규를 저도 참 좋아합니다.

누구보다 솔직하고 진솔하게 시를 쓴 꼬마시인 정규를 칭찬해 주고 싶습니다. 평범한 일상에도 감사하는 정규는 분명히 누군가에게 도움을 주고 다른 사람들에게 사랑을 듬뿍 받는 시인이 될 것입니다.

정규야, 지금 그 모습 그대로도 넌 참 멋지다. 어른이 되어서도 시를 통해 마음을 다독이는 네가 되면 좋겠어. 잘했어! 끝까지 최선을 다해줘서 고마워!

6. 소나무

\

매현 중학교 1학년 김민유

가는 길마다 나를 맞이하는 것들이 있습니다. 꽃길 가득한 봄, 뜨거운 햇빛 가득한 여름, 화려한 낙엽이 머리 위에 떨어지는 가을, 하얀 눈송이가 설레는 겨울. 어느 날이든 '나'는 항상 자연과 어울립니다.

주변을 살펴볼 수 있는 시간과 눈에 들어온 것을 시로 표현할 수 있는 방법을 알려주신 김현경 선생님께 감사드립니다.

내 동생은 구름

여기저기 어디든지 나만을 따라온다
비행기를 타고서 높이높이 올라가도
구름은 사랑스럽게 따라오는 내 동생.

소나무

소나무는
따끔따끔한 가시가 붙어 있어
아빠 수염 같고
나무가 고꾸라져 있어 꼬부랑 할머니 같다

소나무의
따끔따끔한 늙은 가시는 할머니 머리카락 같고
꼬부라져 있는 나무 기둥은 할머니 꼬부라진 허리 같다

할머니 품에 안으면,
따끔따끔 해도 따뜻한 할머니 소나무.

간지러운 바람

봄바람 나에게 다가오며 장난하네
따뜻한 봄바람들, 뜨거운 여름 바람들
시원한 가을 바람들, 차가운 겨울 바람들
바람들은 항상 나를 간지럽힌다
히히힉 히힉히히히 너무 간지러워
너무나 간지러워서 아프고 너무나 웃겨.

가을 단풍, 겨울 단풍

솔솔 불어오는 바람 덕분에
낙엽이 신나게 여행을 한다

겨울에는 스르르 불어오는
눈과 바람 때문에
낙엽은 무서워서 사라지고 만다

겨울이 싫어.

비행기 여행

우르르르르 날아오를 준비를 하고는
힘차게 날아올라 한참 구름 속을 헤치고
어느새 낯선 곳으로 나를 내려 놓는다
두근대는 맘으로 한 발짝 내딛는다
출발!

여름 바다

출렁출렁
마음에 맑은 샘이 흐르고
넓고 푸른 바다
파랗게 물이 든다
아름다운 바다에서
여름 한낮 지낸다.

가을 한 포도나무

한창 바람이 불어오는 가을
한창 포도는 가을을 맞이한다
한창 포도는 한 톨씩 떨어진다

포도나무는 바람에 흔들리고
포도는 바람에 떠나가
바람은 멈추고
포도는 새로운 집을 짓는다.

다섯 살 시절

착한 친구들이 옆에 있던
다섯 살 시절

지금 생각하면 돌아가고 싶은
다섯 살 시절

누나의 공원을 뛰놀던
다섯 살 시절

난 벌써 열세 살이지만
마음은 다섯 살.

민유가 5학년때 공원에 나가서 함께 시를 썼던 기억이 떠오릅니다. 그때 민유가 쓴 첫 시가 「소나무」였어요. 따끔따끔한 가시를 아빠의 수염과 할머니의 머리카락으로 비유했습니다. 그런데 소나무를 안으면 따끔따끔하지만 따뜻한 할머니의 품으로 표현한 민유의 따뜻한 마음이 감동을 주었습니다.

「내 동생은 구름」은 사진을 보고 쓴 동시조입니다. 민유가 고른 사진 속에는 파란 하늘 위로 올라가는 비행기 뒤에 하얀 구름이 있었습니다. 비행기는 시인 민유를, 구름은 민유를 졸졸 따라다니는 동생으로 비유했습니다. 민유는 누나와 아기동생이 있습니다. 귀찮을 법도 한 동생을 사랑스럽다고 표현한 민유가 대견합니다. 그리고 민유가 등이 구부러진 할머니를 포근하게 안아 준 것처럼, 저도 민유를 따뜻하게 안아주고 싶습니다.

「다섯 살 시절」을 읽으면 웃음이 절로 납니다. 열세 살 소년이 다섯 살 시절을 생각하며 돌아가고 싶다니요. 열세 살이지만 마음이 다섯 살인 민유. 어른들도 늘 생각해요. 그때가 좋았다고 말이에요. 아이나 어른이나 마음이 같다는 점이 참 재미있습니다. 그런데 민유는 정말 다섯 살 아이처럼 순수해요. 마치 넓은 바위처럼요.

6학년이 된 민유의 시풍이 달라졌습니다. 같은 사진을 골라도 내면의 이야기를 꺼내서 시를 씁니다. 「가을 단풍, 겨울 단풍」은 왠지 외로움이 느껴집니다. 가을에는 낙엽이 신나는 여행을 하지만 겨울에는 눈과 바람이 무서워 사라지고 마네요. 그 사라진 느낌이 싫어서 시인은 겨울이 싫습니다.

우리가 처음 만났을 때는 민유가 4학년. 중학생이 된 민유의 변함없이 고운 마음이 고맙습니다. 앞으로의 미래가 더 기대가 되는 민유. 모두에게 사랑받을 소중한 민유 시인을 응원합니다.

7.
무지개를 품은 씨앗

\
태장 중학교 1학년 김지혜

제가 처음 시를 쓸 때를 생각해 보면 참 신기합니다. 어렸을 때 엄마는 제가 생각하는 것을 종이에 적어주셨습니다. 행복할 때 슬플 때 그리고 화날 때. 글을 쓸 줄 몰랐을 때부터 엄마의 도움을 받아서 시를 썼습니다. 그래서인지 시는 어릴 때부터 저의 곁에 있었습니다.

시를 쓰면, 깜깜한 어둠 속에 햇살이 비추면 밝아지듯이 제 마음이 행복해집니다. '시'라는 단짝 친구를 만들어 주시고 '시인'이라는 꿈을 키울 수 있게 도와주신 엄마, 김현경 스승님! 사랑해요!

무지개를 품은 씨앗

하늘에 물들여진
검은 구름이 걷히자

노란 우산 아래
우울한 나의 마음에
손 내미는 무지개

희망찬 무지개 아래로
떨어지는 작은 씨앗은
친구의 마음도 웃게 하는
무지개를 품은 씨앗.

희망의 꽃

수줍은 하늘이 신호를 보내니
내 옆의 나무들 하얀 꽃 피운다

나뭇가지 하늘에게 밝은 손을 내밀자
노을은 봉숭아물을 세상에 물들인다

아직 예쁜 꽃을 피우지 못해
미래를 향해 달려가는 나
희망의 꽃은 언제쯤 피어날까?

내 친구 놀이터

오늘도 내 친구 만나러 가는 길
얼굴만 바라봐도 웃기는 단짝 친구
온종일 같이 놀아도 재미있는 우리들

새처럼 그네 타며 하늘을 높이 날다
노란색 미끄럼틀 타면서 내려오니
어느새 헤어질 시간 보고 싶을 내 친구.

하늘 이야기

파랗게 언 나의 몸을
노을이 와서 녹여준다

지나가던 하얀 배 한 척도
나의 마음을 보고 수줍어한다

또록또록 지나가던 친구가
우리를 식혀 준다.

바람이 불면

바람이 불면 민들레씨가 날아간다
노란색, 하얀색, 행복이 피어난다
솜 같이 폭신한 민들레씨
꿈꾸며 누워 있고 싶다.

빨간 노을

저 멀리 보이는 파아란 그림자
검은 터널 사이로 불빛이 보인다
저 멀리서 빨간 노을이
내게 짓는 환한 웃음.

가을 편지

파란 물감보다
더 파란 하늘 아래

나와 인사한다고
한창 꾸미고 온 나뭇잎

울다 잠들어 버린
하늘과 나뭇잎에게

불어온 시원한 바람은
내가 보내는 마지막 편지.

꽃이 진 자리마다

꽃이 진 자리마다
햇빛과 손잡는 빨간 물방울

바다보다 더 깊고 눈부신
꽃잎을 흔들다가

차가운 물결로 별을 깎고 다듬어
이슬의 보석을 만든다.

지혜의 시를 읽으면 한 폭의 그림이 그려집니다. 「희망의 꽃」을 보면 시적화자는 아직 꽃을 피우지 못한 꽃나무입니다. 수줍은 하늘이 신호를 보내자 옆의 나무들이 하얀 꽃을 피우고요. 나뭇가지가 하늘에게 손을 내밀면 노을은 봉숭아물로 세상을 물들입니다. 아직 꽃을 피우지 못한 시인은 언제 꽃을 피울지 궁금해 합니다. 그런데 그 모습이 슬프지 않습니다. 시인이 피울 꽃은 희망의 꽃이며 미래를 향해서 달려가고 있으니까요. 지혜는 사물을 의인화하여 이미지로 멋지게 표현하는 힘을 가지고 있습니다.

「내 친구 놀이터」는 2수로 된 시조입니다. 놀이터를 얼굴만 바라봐도 웃음이 나오는 단짝 친구로 비유했습니다. 얼굴만 봐도 깔깔깔 웃음을 터뜨리는 사춘기 소녀의 모습입니다. 하루종이 놀아도 재미있고, 그네를 타고 미끄럼틀을 타면서 놀다보니 벌써 헤어질 시간이 다되었네요. 학원으로 바쁜 생활을 하며 지내는 아이들의 아쉬운 마음이 느껴져서 더욱 공감이 가는 시조입니다.

「하늘 이야기」는 투사 기법을 활용하여 하늘의 이야기를 들려주고 있습니다. 노을은 언 몸을 녹여주고, 지나가던 구름은 수줍어 하고 바람은 우리를 식혀 주네요. 구름과 바람이라는 표현을 하지 않아도 '하얀 배 한 척'과 '또륵또륵 지나가던 친구'라는 상징은 하늘의 이야기를 멋지게 표현했습니다.

자신의 마음을 시로 표현하는 지혜는 이미 멋진 시인입니다. 시를 쓰는 선생님이 꿈인 지혜의 미래가 기대가 됩니다. 지금처럼 아름다운 시로 주위 사람들에게 희망을 주는 시인이겠지요? 지금의 지혜처럼, 아이들과 함께 시를 쓰겠지요?

지혜야, 지금 이대로도 충분히 멋져. 지혜가 정말 자랑스러워.

8.

빗방울 놀이터

\

영일 중학교 1학년 손지우

시를 쓰며 다양하고 자유로운 생각을 하게 되어 생각의 폭이 넓어지고 생각하는 힘도 키워진 것 같아요.

또한 제 시를 읽고 제가 많이 성장했다는 것을 느낄 수 있어 너무 뿌듯하고 행복했답니다.

무지개

힘들고 지친 날
하늘을 보았더니

비온 뒤 무지개가
알록달록 피어있네

우리도 무지개처럼
웃어 보자 환하게.

은행잎의 여행

노란색 옷으로 갈아입고
소풍가는 날

바람 타고 이리저리
계단 밑으로 놀이터 뒤로

신나는 가을 여행 떠나네.

빗방울 놀이터

구름 쉼터에서 쉬다가
투명 낙하산 타고 내려오지
나뭇잎 타고 슈웅
나뭇가지 타고 빙빙

세상에 둘도 없는 빗방울 놀이터.

우리

동그랗게 생긴 각자만의 세상에 사는 우리
같은 은하에 살지만 서로 만나지 못하고
가지도 못하는 사람들처럼

각자만의 세상에 살며
서로를 만나지 못하는 우리

우리는 파랗지도 초록빛일지도
모르는 색의 하늘에서 상상하네.

외톨이 낙엽

여름이 지나고 가을이 찾아오니
떨어지는 많은 나뭇잎

수많은 갈색 나뭇잎 속에서
떨어지는 초록 나뭇잎 한 장

수많은 일들 속 감춰진 비밀
수많은 행복 속 감춰진 한 사람의 슬픔처럼
갈색 나뭇잎 속에서 유유히 사라지네.

행복

의자가 주인을 잃었다
개는 의자를 바라보다
슬픔에 잠긴다
꽁꽁 언 눈 조차도
그들을 위로하지 못한다
나는 행복하게 살고 싶다.

친구

이 세상은 왜 이리 눈부시게 밝을까
이 세상 사람들은 왜 이리도 부지런할까
그 속에 나는 친구를 찾아 떠나 보련다.

나무

신나게 놀고 있는 우리를 보는 나무
혼자서 덩그러니 자리를 지키네
나무야, 이리로 와서 친구들과 함께 놀자.

지우의 시에는 순수한 아이의 시선과, 사춘기 소녀의 시선이 동시에 나타납니다. 「은행잎의 여행」은 비유법이 돋보입니다. 노란색 옷으로 갈아입은 은행잎이 바람을 타고, 계단 밑과 놀이터 뒤로 이리저리 다니며 신나게 가을 여행을 하는 모습이 생동감 넘칩니다. 「빗방울 놀이터」 역시 빗방울이 구름 쉼터에서 쉬다가 투명 낙하산을 타고 내려온다는 표현은 참으로 신선합니다. 또 나뭇잎을 타고 '슈웅', 나뭇가지 타고 '빙빙'처럼 의태어도 상황에 맞게 적절하게 사용했어요. 지우가 들려준 세상에 둘도 없는 빗방울 놀이터에서 신나게 놀고 싶습니다.

아이처럼 순수한 시와 더불어 지우의 시에는 사춘기 소녀의 감성도 보입니다. 지우는 낙엽을 바라보다 시를 씁니다. 「외톨이 낙엽」은 지우와 야외에서 함께 쓴 첫 시입니다. 수많은 갈색 낙엽 속에서 초록 나뭇잎을 외톨이 낙엽으로 표현했습니다. 이 시어는 수많은 행복 속에 감춰진 한 사람의 슬픔이 점층적으로 확장되었는데요. 많은 생각을 하게 해주는 시입니다.

「무지개」에서 화자는 힘들고 치진 하루를 보냅니다. 우연히 하늘을 보니 알록달록 무지개가 피어 있습니다. 그런데

이 무지개를 보고 '웃어보자, 환하게'라며 도치법을 활용하여 시인의 바람을 강조하고 있습니다.

매 순간 최선을 다하는 지우. 눈망울이 유독 맑고 초롱초롱한 지우. 앞으로 힘든 상황이 오더라도 무지개를 보며 환하게 웃는 지우가 되었으면 좋겠습니다. 「나무」처럼 소외된 친구들에게 '이리 와서 함께 놀자'라고 말하는 지우였으면 합니다. 멋진 지우와 함께해서 행복합니다.

9.

희망 하늘

\
영일 중학교 1학년 유수빈

6년간의 초등생활이 시집이 되어 돌아온 느낌이다.
한 시집에 친구들과 함께할 수 있어서 더욱 기쁘다.
특히 사랑으로 이끌어 주신 술술쌤 정말 감사합니다.

희망 하늘

하늘 위 날아가는 비행기 바라보며
내 맘도 날아가네 뭉게뭉 구름 위로
내꿈춤 둥실거리는 희망 하늘 꿈무대.

돌아오는 길

밤 늦게 학원 마치고
집에 가는 길
고양이를 만났다
고양이도 외로웠는지
나를 따라 걸었다
고양이가 나에게 기대었다
고양이만의 우정다짐인가 보다.

그림자

너무나도 어두워진 이 세상 속 사람들은
가면 같은 그림자를 숨기고 살아간다
그림자, 그늘 속에서 나타나는 진짜 모습.

가을 타나 봐

나뭇잎이 붉어지고 떨어지듯,
마음도 그러하는 가을

세상 모든 사람들,
나뭇잎이 그러하듯
애틋해진다.

민들레씨

민들레가 민들레씨와 이야기를 나눈다
초록색 잎들은 궁금해서 몰래 듣고
곤충들은 숨어서 가만히 본다
바람이 불어와 민들레씨는 인사하며 하늘 위로

새로운 세상과 땅을 둘러보는 민들레씨
환하게 밝은 해처럼 웃는다

새로운 친구들은 환영하는 마음으로 반기고
민들레씨는 행복해서 웃는다
나와 민들레는 하하호호.

달

밤하늘 떠 있는 달
외로운 밤 어두운 밤
내 친구 되어 주는 달

밤하늘 밝은 달
온 세상 밝혀줘서
사람들 마음 따뜻해지는 그런 달.

수고했어, 오늘도

학원 끝나고 홀로 있는 아이
힘들지만 내색하지 않는 아이

소녀에게 해줄 수 있는 말
수고했어, 오늘도.

수평선을 바라보며

저 바다 너머의 수평선
하늘과 바다 하나 되는 곳

수평선을 바라보며 오늘도 꿈을 꾼다.

공부, 운동, 음악 등 못하는 것이 없는 수빈이. 수빈이는 요즘 어떤 생각을 하고 있을까요? 「돌아오는 길」에서 화자는 밤늦게 학원을 마치고 집에 가는 길에 고양이를 만납니다. 시인은 따라오는 고양이의 모습에서 외로움을 봅니다. 그런 고양이에게 우정을 느낍니다.

「그림자」에서 세상 속의 사람들은 가면 같은 그림자를 숨기고 살아갑니다. 그림자는 그늘 속에서 나타나는 진짜 모습이라고 하는데요. 늘 밝고 씩씩한 수빈이의 그림자가 문득 궁금해집니다. 수빈이의 시는 우리들의 마음에 살며시 다가옵니다. '누구나 그래, 누구나 그림자는 있어'하고 위로해 줍니다.

수빈이는 내면이 강한 아이입니다. 「수고했어, 오늘도」에서 화자는 학원 끝나고 홀로 있어도 힘든 내색을 않습니다. 그런 소녀에게 시인은 다독입니다. '수고했어 오늘도'라고요. 수빈이의 시는 우리에게도 따뜻한 위로를 건넵니다. '수고했어 오늘도'라고요.

「희망 하늘」은 수빈이의 꿈을 담은 시조입니다. 하늘 위로 날아가는 비행기가 그려진 사진 한 장을 보며 수빈이는 꿈을 꿉니다. 시인은 비행기처럼 하늘을 나는데요, '뭉게뭉'과

'내꿈춤'이란 시어가 눈에 띕니다. 희망 하늘을 꿈무대로 삼아 멋지게 내꿈춤을 추는 시인의 모습. 상상을 해봅니다.

「수평선을 바라보며」는 수평선을 바라보는 시인이 있습니다. 하늘과 바다가 하나가 되는 곳. 수평선은 하늘인지 바다인지의 경계선이 모호하여 더욱 신비스럽기도 하지요. 그 곳을 바라보며 시인은 꿈을 꿉니다.

수빈아, 어떤 꿈을 꾸고 있니? 지금처럼 스스로를 다독이며 주위 사람을 다독이며 한 발 한 발 멋지게 나아 가자. 지금 그 모습 그대로도 너무 멋진 거 알지? 응원할게.

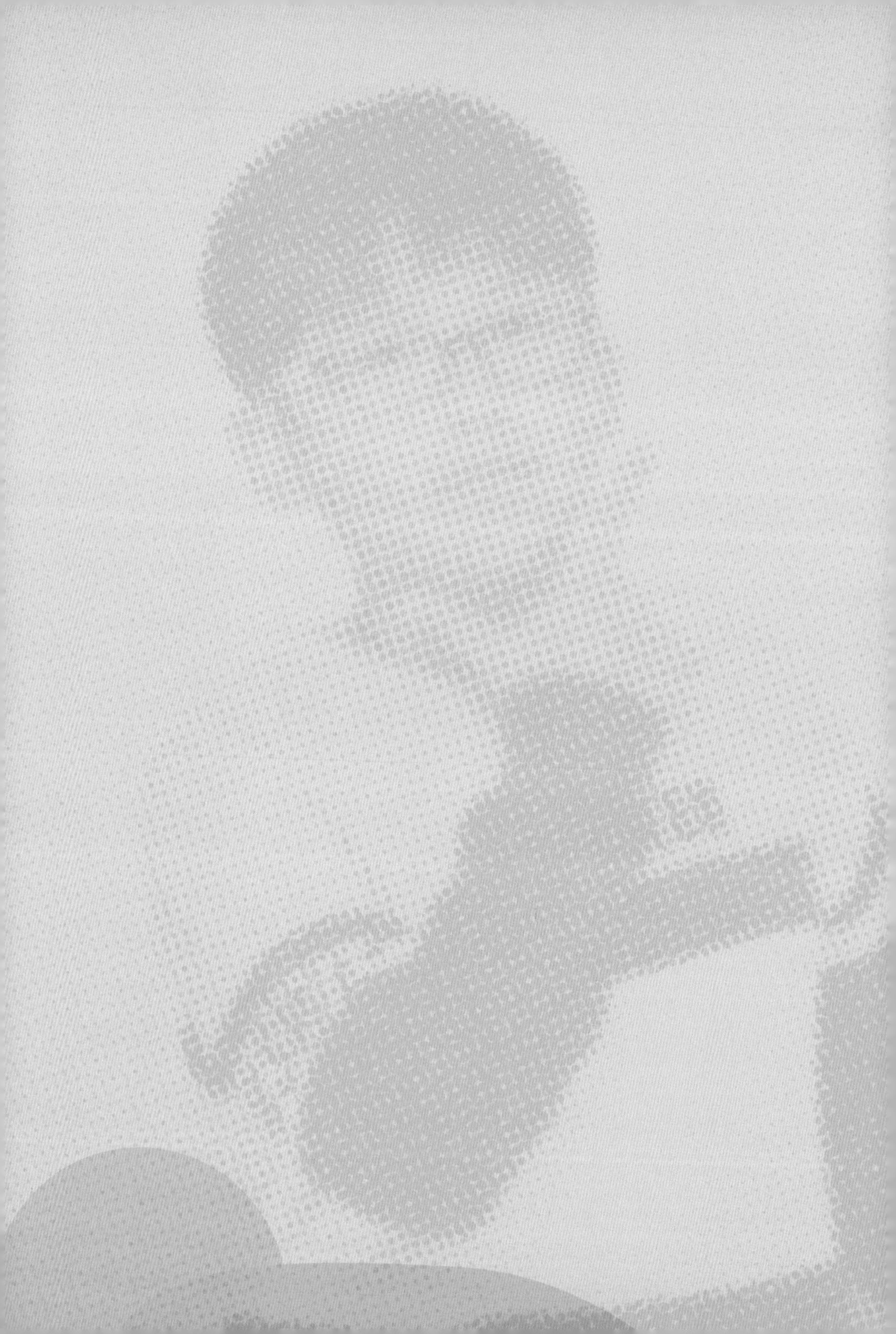

10.
태풍

\

영일 중학교 1학년 윤효재

태풍이 오던 날 혼자만 쓰러져 있는 나무를 보았습니다. 그 나무가 외로워 보여서 시를 썼습니다.

우리 생활 주변에도 소재가 많으니 여러분도 시간이 날 때마다 시를 쓰는 것은 어떨까요? 그러면 저처럼 하늘과 별을 노래하는 시인이 될 거예요.

불꽃놀이

하늘에 여러 가지 불꽃들이 날고 있다
사람들은 그 불꽃을 보려고 모여든다
불꽃은 춤을 추면서 날아가다 퍼진다

또 다른 불꽃들이 날아가면 환호한다
날아가다 지칠 때는 고개를 숙인다
그러다 팡팡 터지면 불꽃들이 퍼진다.

둥지

새는 오늘도 둥지를
만들고 있다

나무들을 요리조리 피해
나뭇가지를 가져온다

아들, 딸을 생각하며
기쁜 마음으로
둥지를 짓는다.

장마

긴 장마가 끝이다
여름 마음도 순해지고
빛이 환히 비친다

개울에 아름다운 햇살이
더욱 비친다.

꺼진 가로등

내가 없으면
모든 길은 암흑 세계가 되지
조금씩 바람이 지나면
방안을 밝혀주는 등불 같은 존재

해가 떴을 때는
보잘것없는 가로등인데
해가 졌을 때는
꼭 필요한 길을 밝혀 주는 등불.

태풍

계속 걷다가 눈에 띄는 나무 한 그루
어제까지만 해도 서 있었는데
지금 보니까 누워 있다

아무리 생각해도 옆에 있는 나무는
멀쩡한데 왜 누워 있을까?
태풍은 편애가 심한가 보다.

바람의 노래

바람개비는 바람이 오면 꽃을 틔운다
바람은 나비와 춤을 추며 랄랄라
참새는 실컷 놀다가 바람이 와서 도망간다.

바다

넓은 바다에
배 한 척이 있다
갈매기가 배 위에서
놀고 있다

바다와 갈매기
함께여서 외롭진
않을 것이다.

봄

봄 아침 나비 밑의
꽃씨는 어디로 가 버렸는가

산수유꽃 밑에서도
꽃 씨앗이
고마움의 꽃망울을
송이송이 피웠다

소중한 삶의
푸른 바다가
흩날린다.

효재는 사물을 주위 깊게 관찰한 후 시로 씁니다. 그래서 시의 제목도 우리 주변에서 볼 수 있는 '불꽃놀이, 둥지, 가로등' 등 일상적인 소재가 많습니다. 「둥지」에서 새는 오늘도 둥지를 만들며 나무들을 피해서 나뭇가지를 가져옵니다. 그리고 기쁜 마음으로 둥지를 짓는 새의 모습에서 아들 딸을 생각하는 부모의 마음을 놀랍게 비유하고 있습니다.

「꺼진 가로등」에는 효재의 가치관이 드러나 있어요. 해가 떴을 때는 보잘것없는 가로등이지만 해가 졌을 때는 꼭 필요한 길을 밝혀 주는 존재. 바로 효재의 마음이겠지요. 이런 효재가 저는 참 좋습니다.

효재는 「태풍」을 대표시로 꼽았습니다. 우연히 길을 걷다가 나무 한 그루를 보며 '옆에 있는 나무는 멀쩡한데 왜 누워있을까?'라는 생각이 그대로 시가 되었습니다. 그냥 지나칠 수 있는 사물도 한 번 더 바라보는 효재. 일상의 삶을 소중하게 여기는 효재의 마음이 이 시에 담겨 있네요.

저는 효재의 시 중에서 「장마」가 오래 마음에 남았습니다. 이 시는 짧지만 읽을수록 여운이 남습니다. 긴 장마가 끝나니 여름의 마음은 순해지고 빛이 환하게 비춥니다. 개울의 햇살은 더욱 아름답습니다. 2연의 짧은 시에 여름과 개울을 의인화하여 긴 장마를 끝낸 모습을 깔끔하게 보여주었습니다. 살다 보면 장마와 같은 날이 있는데요. 언제 그칠지 모를 것 같아서 더욱 불안하고 힘든 순간. 하지만 장마는 그치고 세상이 맑아지듯이 우리의 삶도 더욱 단단해집니다.

삶을 아름답게 바라보는 효재. 주위의 모든 것이 시가 된다는 것을 멋지게 보여준 꼬마 시인 효재에게 고마운 마음을 전합니다.

11.
꽃씨 속에

\
영일 중학교 1학년 이태석

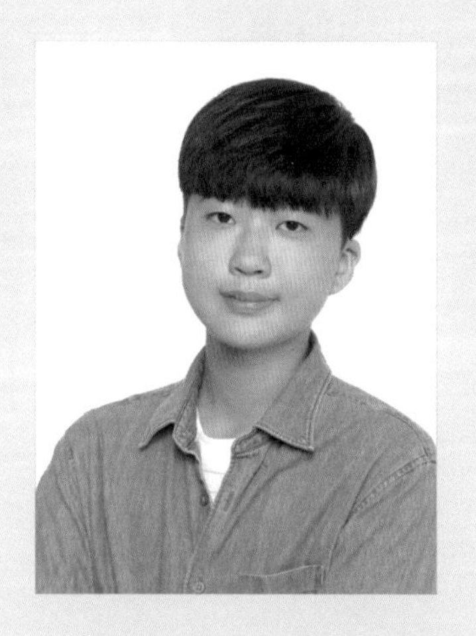

시로 저를 표현합니다. 시를 쓸 때 다른 사람의 생각과 나의 생각을 비유해서 쓰기 때문입니다.

저는 시를 쓸 때 머리가 복잡해집니다. 하지만 글을 한 자 한 자 쓰면 엉켜 있던 실타래가 점차 풀어지는 것 같습니다. 그래서 시를 쓰면서 내면의 평화를 찾은 것 같습니다.

쓰레기

모아모아 쓰레기 산 만드는 쓰레기
한때는 내용물을 보호하는 물건들
하지만 지금 이순간은 봉투 속의 쓰레기.

꽃씨 속에

꽃씨 속에 숨어 있는
길목 아래서
조금씩 흐르는
물소리 같은 봄바람

꽃 한 송이 피어나
나비처럼 훨훨 움직이고
종을 울린다.

가족과 친구

가방 메고 가는 길 외롭고 힘들다
숲 속에서 걸어도 모르겠지 아무도
나에게 힘이 되어 주는 가족들과 친구들.

느티나무

혼자만 키가 큰 오래된 느티나무
인도에 박혀서 쓸쓸한 느티나무
자동차 지나가는 길 보호받는 느티나무.

풀숲의 노래

귀뚜라미 노래 소리
노래 소리 들려오네

산들산들 바람들이
풀숲을 지나가면

날아가던 새들도
멈춰서 듣고 가는
풀숲의 노래.

단풍나무씨

툭툭 투툭툭투툭
떨어지는 단풍나무씨
헬리콥터처럼 떨어지는
단풍나무씨

이리봐도 저리봐도
헬리콥터처럼 생긴 씨
그 이름은 단풍나무씨.

탱탱볼

통통통 튀기는 탱탱볼
이리 튀고 저리 튀는
가벼운 탱탱볼

나도 가볍게
튕길 수 있는 탱탱볼
통쾌하게 날아가는 탱탱볼.

깨끗한 강

쓰레기조차 볼 수 없고
떠다니는 플라스틱도 없는 강
하지만 사람들은
눈 씻고 찾을 수 없는 강
자연으로 만들어진 강
그게 깨끗한 강.

태석이의 시에는 자연에 대한 시인의 가치관이 잘 드러나 있습니다. 시조인 「쓰레기」를 보면 쓰레기가 산을 만들고 있습니다. 그런데 그 쓰레기도 한 때는 내용물을 보호하는 물건이었는데, 이제는 봉투 속의 쓰레기가 되어 있는 모순적인 상황을 예리하게 비판하고 있습니다.

「깨끗한 강」 역시 진짜 강이 어떤 강인지 시인은 말합니다. 쓰레기, 플라스틱, 그런데 가장 중요한 것이 사람이 없는 강이라고 합니다. 비유와 상징이 없어도 공감과 많은 생각을 해주게 하는 것이 태석이의 장점입니다. 환경에 대한 시인의 시각이 돋보입니다.

「꽃씨 속에」에서 보여주는 봄의 정경이 무척 아름답습니다. 꽃씨 속에서 숨어 있는 길목 아래는 물소리 같은 봄바람이 흐르고 있습니다. 드디어 꽃 한 송이가 피어날 때 나비는 훨훨 움직이며 종을 울리네요. 태석이가 그린 봄이야말로 시인이 그린 아름다운 자연의 모습이 아닐까요?

「단풍나무씨」는 태석이가 초등학교 2학년때 쓴 시입니다. 이 시를 처음 읽고 저는 깜짝 놀랐습니다. 단풍나무씨가 떨어지는 모습을 보고 '툭툭 투툭툭투툭'이란 의성어를 사용했는데요. 그 소리에 대한 관찰력이 아이답기 때문이지요. 또

아무리 봐도 헬리콥터처럼 생겼다는 표현은 순수한 아이들이 꾸밈없이 표현한 진짜 시라고 생각합니다.

저학년일 때는 아이다운 시를, 고학년이 지금은 고학년 다운 시를 쓰는 태석이. 초등학교 2학년때 만난 꼬맹이 태석이가 중학생이 됩니다. 키가 쑥쑥 크는 태석이에게 '6학년까지 내 키를 양보할 수는 없지'라고 장난처럼 말했는데요. 어느새 태석이의 키는 제 키를 훌쩍 넘었어요.

태석아, 오랜 시간 함께해서 고마워. 장난꾸러기 꼬맹이었을 때나, 키가 훌쩍 큰 지금. 선생님은 그 모습 다 좋아. 너의 시가 다 좋아.

12.

엄마와 바닷가에서

\
영일 중학교 1학년 정찬호

시는 저에게 두려운 도전이었지만, 지금은 제 감정을 나눠 주는 즐거운 존재입니다. 시를 계속 쓰면서 다른 사람에게 제 시는 어떻게 다가오는지 궁금해졌습니다. 비록 초반에는 시 내용을 숨기고 싶었지만 쓰게 되면서 저의 마음이나 행동 등을 더 뚜렷하게 보여주는 기회를 얻게 된 것 같아 뿌듯합니다.

제 시가 다른 사람에게 공감이 되고 힘들 때 위로가 되었으면 좋겠습니다.

봄꽃

피곤해서 낮잠이 든 사이에
꽃을 피우고 싶어

꽃을 보려면
봄이 지난해 흙 속에 묻어 준
씨앗을 깨워야 해

나비가 송이송이 서성이는 봄에
꽃을 피우고 싶어.

아름다운 역사

어두운 밤하늘 밝히는 역사
힘든 시간 견뎌와 힘든 만큼 빛나네
물속에 비춘 그 모습 아름답게 빛나네.

새벽

새파란 하늘 뒤에
올라오는 주황색

산 뒤에서 올라오는
동그란 태양 하나

산 뒤에 올라올 듯 말 듯
기다리는 느티나무.

기다림

새하얀 눈 위에서
기다리는 하얀 진돗개
며칠이 지나도
오지 않는 오랜 친구

하지만 올 거라는 희망
잃지 않고 기다리네.

엄마와 바닷가에서

엄마와 바닷가에서
줍던 조가비

여름 한낮
넓고 푸른 바다
돛단배를 타고 간다
엄마와 단둘이서

온 세상이 아름답고
온 세상이 바람 가득
숲속에 돌아가고 싶다.

나무

공원 한가운데 서 있는 나무
봄, 여름, 가을, 겨울
그 자리를 지키며
새로운 만남을 기다리네

어린이, 청소년, 성인, 노인
남녀노소 만나면
반갑게 가지 흔드네.

고요 속의 외침

우리가 조용해지거나
작업하고 있거나
날이 따뜻해지면
항상 들리는 소리

새벽에 자고 있거나
밥을 먹고 있을 때
휴식을 취하고 있을 때
항상 들리는 소리

어떨 때는 짜증 나고
어떨 때는 즐겁고
항상 고요를 깨는 소리
가을 새 우는 소리.

숨바꼭질

꼭꼭 숨어라
머리카락 보일라

10, 9, 8
7, 6, 5
4, 3, 2
1, 0, 땡!

찾는다!
저 멀리서 주황색
머리카락이 보인다

들킨 걸 눈치챘는지
점점 더 밑으로 내려간다.

많은 아이들이 처음 시조를 배울 때는 시조의 3장 6구 12음보를 익히는 것을 어려워하는데요. 찬호는 쓸 시의 주제를 생각하다가 한 순간에 써 내려갑니다. 그런데 그 형식이 정확하게 맞아서 지도하는 동안 놀라움을 주었습니다. 「아름다운 역사」, 「새벽」, 「기다림」은 찬호가 사물을 바라보며 느끼는 섬세함을 시조로 표현했습니다.

시인은 밤하늘 아래 강과 그 주위에 서 있는 성벽을 보고 「아름다운 역사」를 썼습니다. 물속에 비친 밤하늘의 아름다운 풍경이 힘든 시간을 견뎌냈기 때문이라고 합니다. 우리의 역사를 아름답게 그려낸 찬호가 대견합니다.

「새벽」은 아침 해가 뜨는 찰나를 한 폭의 그림으로 그려냈습니다. 새벽 하늘 뒤로 올라오는 주황색 해. 산 뒤에서 올라오는 동그란 태양, 산 뒤에 올라올 듯 말 듯 기다리는 느티나무의 모습은 누군가를 기다릴 때의 기대감과 설레임까지 느껴지네요.

「기다림」은 새하얀 눈 위에서 오랜 친구를 기다리는 하얀 진돗개. 그런데 며칠이 지나도 친구는 오지 않습니다. 하지만 진돗개는 친구가 올 거라는 희망을 잃지 않습니다. 찬호의 시가 더 빛나는 이유는 바로 시 속에 나타난 '희망' 때문입니다.

「엄마와 바닷가에서」는 시인이 엄마를 얼마나 사랑하는지 느껴집니다. 엄마와 바닷가에서 조가비를 줍고, 돛단배도 타는데요. 엄마와 단둘이서라면 온 세상은 아름답습니다.

「봄꽃」은 봄에 잘 어울리는 시예요. 꽃을 보려면 흙 속에 묻어 둔 씨앗을 깨워야 한다는 표현이 참 신선합니다. 나비가 송이송이 서성이는 봄에 꽃을 피우고 싶은 시인. 찬호는 어떤 꽃을 피우고 싶을까요?

지금 모습 그대로 멋진 찬호. 어떤 꽃을 피우든 찬호가 행복한 꽃이었으면 합니다. 봄꽃의 새싹이 얼굴을 내밀면 찬호가 생각날 것 같아요.

13.

나무들의 무도회

\

다산 중학교 1학년 최지오

저에게 시란 행복을 전하는 방법입니다. 시를 통해 저는 많은 행복을 얻었습니다. 이제는 제가 많은 사람들에게 제 시로 행복을 전달하고 싶어요. 처음 시를 썼을 때 서툴렀지만, 벌써 책에 제 시가 있는 것을 보니 뿌듯하네요. 제 시가 여러 사람에게 제 마음을 전달해 주었으면 좋겠습니다. 제 시를 전해 받은 사람들 모두 행복했으면 좋겠어요.

무지개꿈의 여행

세상구경 나오니 따뜻한 햇살이
부드럽게 비추어 무지개꿈 만드네
무지개 비눗방울 송송송 여행을 떠난다

파란 하늘 바라보며
점점 높이 올라가
바쁘게 움직이는 도시를
이리저리 바라보고
개미같이 작아진 마을을 구경하자

갑자기 작은 도시 커지고 커져서
활짝 웃는 풀들과
보드라운 흙이 반겨주자
무지개 비눗방울은
여행을 마친다.

나무들의 무도회

파란 하늘 커튼 아래
나무들의 무도회
모두들 가장 멋진 나무 되고 싶어서
열심히 치장했대요

빨강나무, 노랑나무 모여
이야기꽃을 피우니
모두들 옷을 신경써서 골랐대요

올해의 가장 멋진 나무는
빨강나무, 노랑나무
너무 행복한 나머지
팔짝 뛰니
나뭇잎이 떨어졌대요

자, 모두들 잘 시간입니다.

오래된 우리의 이야기

낡고 오래된 갈색 문
세월의 무게를 견디며
살아가는 문

그 문은 기억하고 있을까?
누가 들어갔다 나갔는지
오래 전 우리가 잘 모르는
이야기를 기억하고 있는지

문은 기억한다
오래된 우리의 이야기를.

담고 갑니다

햇살 눈부신 날 비 그친 숲
엄마의 마음에 맑은 샘이
행복을 가득 담고 갑니다

넓고 푸른 바다의
머나먼 항해를 하는 작은 배
바람 가득 흰 돛은
온 세상 꿈을 가득 담고 갑니다.

가을의 생명

하늘나라 요정들이 내려와
주황색마법을 부리는 때
바로 생명이 싹트는 가을

옷은 점점 두꺼워지고
바람은 우리를 휘감을 때

우리와 다른 나무는
항상 밖에 있으면서도
예쁜 주황 옷을 벗는다

땅속에 자고 있을 생명을 위해
우리의 부모님처럼 자식을 위해.

봄비

잎사귀가 내 팔에서 자라나
봄을 알린다

비가 보슬보슬 내리자
잎은 좋다고 살랑살랑
뿌리에서는 열심히 일하는 중

아! 시원해
벌써 비는 그쳐 있네

다음에 비가 내리면
반짝반짝 꽃을 피워야지.

촛불처럼

어두운 밤
한줄기의 빛이 되어 주는
촛불처럼
환하게 타올라야지

열심히 땀을 흘리며
예쁜 꽃이 되는
촛불처럼
꽃으로 세상을 밝게 해야지

희망 없는 삶 속
하나의 희망 주는
촛불처럼
미래를 위한 희망이 되어야지

하나의 별처럼
하나의 달처럼
하나의 해처럼
촛불처럼.

신호등

세 가지 색깔의 눈을 가진 신호등
알록달록 색깔로
모두에게 행복을 전하는 신호등

누군가 다치지 않게
언제나 쉬지 않는 신호등

어두운 밤길에도 비 오는 빗길에도
뜨거운 여름에도 차가운 겨울에도

어떤 일이 있어도
묵묵히 친구를 기다립니다.

모두가 무시하고 친구 하나 없어도
쓸쓸한 신호등
언제나 도움만 줍니다
말없이 사람들에게 희망들을 선물합니다.

지오는 밝은 미소를 지닌 친구입니다. 늘 저와 친구들에게 활짝 웃어주는데요, 그 미소를 보면 저절로 미소가 지어집니다. 지오의 시도 지오를 닮았어요. 읽다보면 따뜻해지거든요. 지오의 마음이 그대로 담겨졌기 때문일 거예요.

「무지개꿈의 여행」에서는 비눗방울이 여행을 떠납니다. 파란 하늘을 바라보고 도시를 구경하니 도시는 작은 개미처럼 보입니다. 그런 비눗방울이 다시 땅에 내려왔을 때는 풀들은 웃어주고 보드라운 흙이 반겨주자 비눗방울은 여행을 마칩니다. 무지개 꿈을 담은 비눗방울이 하늘로 여행을 가서 땅으로 내려오기까지의 시상전개가 시를 더 안정감이 있게 해줍니다.

「나무들의 무도회」는 무도회를 준비하는 나무들의 모습이 한 편의 동화 같습니다. 열심히 치장하고, 옷을 신경 써서 입는 나무들의 모습과 멋진 나무가 된 것이 좋아서 팔짝 뛰니 나뭇잎이 떨어졌다는 표현에서는 웃음이 절로 납니다. 무도회의 시작부터 끝나는 과정을 시로 표현한 시인의 시상전개가 놀랍습니다.

「신호등」은 시인의 관찰력이 돋보입니다. 신호등은 누군가 다치지 않게 언제나 쉬지 않는 신호등, 어두운 밤길에도 비 오는 빗길에도 뜨거운 여름에도 어떤 일이 있어도 묵묵히 친구를 기다리는 신호등. 말없이 사람들에게 희망을 선물하는 신호등은 객관적 상관물로 시인의 평소 가치관을 담고 있습니다.

「담고 갑니다」를 읽으면 행복해집니다. 엄마의 마음에 맑은 샘이 행복을 가득 담고 가고, 넓고 푸른 바다를 항해하는 작은 배의 흰 돛은 온 세상 꿈을 가득 담고 갑니다. 작은 돛이 세상 꿈을 가득 담고 있다는 표현이 너무나 멋져요. 지오가 품은 커다란 꿈은 어떤 꿈일까요?

지오의 시를 읽으니 행복합니다. 주위 사람을 배려하는 지오는 이미 행복을 선물하는 멋진 '행복시인'입니다

14.
가방
\

영일 중학교 2학년 민정원

시를 쓴다는 건 항상 어려운 일이라고 생각했습니다. 그러던 중 선생님이 나가보라고 하셨던 중앙시조백일장에서 상을 수상하고 자신감이 붙게 되었습니다. 그 이후부터 사물이나 장면을 볼 때마다 그냥 지나치지 못하고 알맞은 시어를 붙이는 데에 재미가 들렸습니다.

저에게 시는 피어나는 싱그러운 푸른 잎입니다.

빈 병

등 굽은 할머니가 빈 병을 바라보다
수레에 조심스레 소중히 담아두네
빈 병은 삶을 이어준 할머니의 보물이지

하루도 쉬지 않고 간절한 마음으로
이 골목 저 골목을 묵묵히 돌고 도네
빈 병은 삶에 스며든 할머니의 눈물이지.

새벽 바다

쌀쌀한 새벽 바다
잔잔한 파도가 밀려온다
회색 바다 위 검은 섬
아침 햇살 속으로 사라지면
빨간 부표 위의 갈매기
누군가를 기다리다
빛나는 바다 위로
새벽마중 나간다.

민들레 홀씨

햇빛이 따뜻한 봄날
노란 민들레밭의 작은 꼬마
어여쁜 마음을
홀씨에 실어 날린다
홀씨가 멀리 날아간다
꽃밭에서 하늘 위로
꼬마의 작은 희망도
홀씨와 함께 날아오른다.

가을이 그린 그림

학교 가는 길목마다
울긋불긋 단풍잎들

자꾸만 보게 되는
높고 푸른 가을 하늘

낙엽 더미 속에서
뛰어노는 아이들

가을이 그린 그림엔
따스함이 묻어 있다

콧노래가 절로 나는
즐거움이 담겨 있다.

푸른 밤하늘

어두운 밤하늘에 불꽃이 날아오른다
사람들의 탄성도 불꽃 따라 오르고
사진은 푸른 밤하늘을 아름답게 담는다.

가방

아침의 시리도록 차가운 바람 분다
오늘도 어김없이 묵묵히 등교하는
학생의 등에 업혀 터덜터덜 학교로

언제나 볼 때마다 등 굽은 나의 친구
하루의 절반이나 책상에 앉아 있는
밤이나 해뜰 때에도 한숨 쉬는 내 친구

만약에 정말 만약 마법을 부린다면
평소에 매일매일 등 뒤에 업힌 내가
친구의 얼굴 보면서 안아 줄래 따뜻이.

무지개

비가 그치고 먹구름이 물러간 자리
걸음을 멈추고 신기한 듯 쳐다보는 사람들
우산 속 지쳐 있던 마음에 빛을 주는
다시 웃음을 되찾아 준 무지개.

꽃을 피우다

밝은 낮에도 어두운 밤에도
항상 아래를 보며 걷고
늘 처진 어깨를 보였던 너

주위에 아름다운 게 얼마나 많은데
볼 것으로 얼마나 가득한데

고개를 들어 나를 봐줄래?
너를 위해 예쁜 꽃을 피웠으니.

정원이가 처음 시를 쓰던 모습이 떠오릅니다. 시 쓰기가 어렵다는 정원이. 그런데 시를 쓰면 정원이의 시에는 소녀감성이 묻어났고요, 진실한 마음이 담겨 있었습니다.

그러던 어느 날 「가방」이란 시조로 시조백일장에 나가서 당당하게 상을 수상했습니다. 이 시조는 가방의 입장에서 친구를 관찰했습니다. 가방은 아침부터 시인의 등에 업혀서 학교에 갑니다. 가방은 등이 굽은 채로 하루의 절반이나 책상에 앉아서 공부하는 친구를 지켜보고 있습니다. '만약에 정말 만약 마법을 부린다면/ 평소에 매일매일 등 뒤에 업힌 내가/ 친구의 얼굴 보면서 안아 줄래 따뜻이'로 3수의 시조를 마무리합니다. 아마 학교, 학원 생활로 힘들어 보이는 시인을 다독이고 있었나 봅니다. 그런데 시인의 표현이 놀랍습니다. '만약에 정말 만약'이라는 변형된 반복법과 '매일매일' 단어의 반복은 시인의 바람이 얼마나 진실한지 느껴지게 합니다. 또 종장에 등 뒤에 업힌 가방이 친구를 따뜻하게 안아주고 싶다는 표현은 따뜻한 감동을 줍니다. 또 마지막 음보를 '따뜻이'라는 도치법을 사용하여 시인의 따뜻한 마음이 더 크게 느껴집니다. '가방'이라는 객관적 상관물로 시인의 마음을 잘 표현한 정원이가 참 멋집니다.

「꽃을 피우다」에서도 사춘기 소녀의 모습이 그대로 투영되어 있습니다. 밝은 낮에도 어두운 밤에도 항상 아래를 보며 처진 어깨를 보였던 너. 그런데 고개를 들면 화자를 위해 피어 있는 예쁜 꽃이 있습니다. 이 시에는 지쳐 있는 '너'는 소녀일 수도 있고요, '예쁜 꽃'이 소녀일 수도 있습니다. 중의적인 표현이 시를 통해 지쳐 있던 사람들에게 위로가 되어 줍니다.

정원아, 너의 시에는 감성이 있고 따뜻한 시선이 머물러 있구나. 울림이 있는 시를 쓰는 네가 멋지다. 정원에게 멋지고 좋은 일이 생길 거야.

15.

소나기 우정

잠원 중학교 2학년 유현서

시를 쓴다는 것은 저에게 힘든 일이었습니다. 그래서 그런지 이번 시집에 참여하게 되었을 때도 고민이 되었습니다. 하지만 예전에 썼던 시들을 모아 보니 내가 이런 시들을 썼다는 것이 뿌듯하기도 했습니다.

저는 이 기회를 통해 시와 저의 거리가 조금 가까워질 수 있었습니다.

나의 목적지

혼자서 유유히 걸어가는 고양이
천천히 꿈을 찾는 내 모습과 같다
지금도 어느 때처럼 목적지를 찾는다.

가을을 생각할 때면

가을을 생각할 때면
살며시 다가오는 가을바람에
자고 있던 동물들이 일어나는데

가을을 생각할 때면
가을 아래 서 있는 사람들
단풍 보고 나무 보며 산책하는데

가을을 생각할 때면
창문 아래 책 보고 있는
내가 생각나겠지.

가로등

해가 질 때쯤
나는 친구들과 하나 둘 불을 켜며
사람들을 반겨준다

운동 나온 사람
일을 끝내고 집에 가는 사람

큰 키의 나무들 사이에
우뚝 서 있지만
언제나 어두운 밤을
지켜 주는 수호천사.

가을 나라

생각난다
빨갛게 익어가는 단풍
샛노란 은행나무
또로또로 아침 이슬
처음 타는 잎사귀 미끄럼틀

나무와 하늘 시냇물 바다는
귀뚜라미의 놀이터
가을 꽃은 별처럼 반짝반짝.

봄은

봄은
산수유꽃과 나비가 함께 웃으면
내 마음 종을 울린다

봄은
꽃을 흐르는 물소리를 들으며
하얀 겨울에도 일어서서 꽃을 피운다.

소나기 우정

친구랑 싸우니
날씨도 같이
우르르쾅쾅 번개가 친다

금세 그치고
무지개가 뜬다
친구랑 같이 우와

무지개 뜸과 동시에
화해하는 너와 나
내 마음은 소나기인가 봐.

눈사람

온통 하얀 세상이 된 길 위에
작은 발자국

다시 밟으면서 따라가니
보이는 또 다른
하얀 세상 속

웃고 있는 눈사람.

불꽃 튀는 전쟁

"하지 마"
"하지 말라고"
엘리베이터 앞에서도
집안에서도 또다시

할 게 없으면
"놀아줘, 심심해"

펑펑 끝나지 않는 폭죽처럼
너랑 나의
불꽃 튀는 전쟁.

현서는 시의 리듬감을 표현하는데 탁월합니다. 「가을을 생각할 때면」은 현서와 5학년 때 공원에서 쓴 시입니다. 짧은 시간에 운율을 잘 살린 시를 써서 저를 놀라게 했습니다. 각 연마다 '가을을 생각할 때면'이라는 구절의 반복, '는데'의 반복은 리듬감을 주고요, 3연에서 '내가 생각나겠지'라는 마무리는 가을과 우리의 삶의 순환을 보여 주며 여운을 남깁니다.

「가을 나라」에서는 '생각난다'라는 짧은 문장으로 시가 시작됩니다. 그리고 '단풍, 은행나무, 아침 이슬, 미끄럼틀'이라는 명사가 반복합니다. 2연에서도 '귀뚜라미의 놀이터/ 가을꽃은 별처럼 반짝반짝'으로 의태어로 시를 마쳤습니다. 누가 가르쳐서가 아니라 시의 운율을 감각적으로 알고 있는 것 같아요.

현서는 사춘기 소녀의 일상을 재치있게 시로 표현했습니다. 「소나기 우정」은 친구랑 싸우면 날씨도 같이 우르르쾅쾅 번개를 치는데, 화해를 하면 무지개가 뜬다는 표현이 얼마나 놀라운지요. 이런 시인의 마음이 소나기라고 사용한 은유법도 참 멋지지요?

「불꽃 튀는 전쟁」을 읽고 저도 모르게 하하 웃었습니다.

현서와 동생의 모습을 시로 표현했네요. 엘리베이터에서 서로 "하지 마"하고 싸우다가도 심심하면 "놀아줘"라고 말하는 현서와 동생의 관계를 끝나지 않는 폭죽. 불꽃 튀는 전쟁이라고 표현했습니다.

현서의 시 한 편 한 편 읽으면서 시 속에 표현된 비유법에 놀랐습니다. 그리고 일상의 삶을 재치 있게 표현한 현서를 칭찬해 주고 싶습니다. 시를 쓰는 것이 자신이 없다던 현서. 그런데 현서는 이미 멋진 꼬마 시인입니다. 앞으로의 미래가 더 기대가 되는 시인입니다. 지금도 충분히 멋집니다.

16.

가을밤의 겨울잠

\
태장 중학교 2학년 이서준

모든 것이 살아가고 존재하는 데에는 꼭 이유를 가지고 있습니다. 아무리 작고, 아무리 볼품이 없어 보여도 다른 입장에 서면 그것이 생명을 살릴 수 있는 귀중한 것일 수도 있기 때문입니다.

시도 마찬가지입니다. 무심코 한 한마디가 다른 구절과 합쳐져 더 아름다운 시로 탄생하는 것처럼요. 나의 생각을 다시 한 번 더 생각하고 더하고 빼고 나누어 만들어진 시가 '나' 또는 '모든 사람들'을 웃고 울리는 시가 되는 것. 바로 제가 시를 쓰는 이유입니다.

행복

내일을 위한 되새김
내일을 위한 기대치
내일을 위한 기다림

이 세 가지를 가지고 있으면
너에게, 나에게
우리 모두에게 올 것이다

행복이란 것이.

도심 속의 나무

깊은 바다 속에 소중한 보물이 있듯
도심 속에는 소중한 보물이 있다
도심 속에 나무란 보물이 없으면
도심의 공기가 더 더러워졌겠지?

무더운 사막 속에 시원한 오아시스가 있듯
도심 속에는 시원한 나무가 있다
도심 속에 시원한 나무가 없으면
도심 속의 사람들이 그늘을 찾지 못하겠지?

술술쌤

공원의 꽃잎처럼 마음이 너그럽고
우리의 희망들을 지키는 선생님은
단 하나, 술술쌤이다. 누구보다 멋진 쌤.

가을 길

내 이름은 길
가을이 되었네

가을이 되어 신입들이 많네
솔방울, 밤, 단풍잎
셀 수 없이 많네

사람들이 지나갈 때
나는 인사하네
"안녕, 밤? 안녕, 낙엽? "

낙엽은 마술사네
봄에는 분홍
여름에는 초록
가을에는 빨강

내 이름은 길, 지금은 가을 길.

소박한 것들

자그마한 불씨 하나로
자그마한 바람 하나로
숲이 몽땅 타 버리고
산이 깎아져 내린다

나도 그렇다
따뜻한 말 한마디에
내 마음이 녹아져 내린다.

길

한치 앞을 알 수 없는
무섭고 험난한 길

가는 길마다 계속
도는 것 같이 울렁거리고
어지러운 길

시도하지도 않았으면서
부정적인 일이 일어난다는
확신을 하는
어리석은 길

우리는 이렇게 살면
안 된다고 하고서
자연스레 이 행동을
하고 있는
어리석은 짓.

가을밤의 겨울잠

하나 둘 셋 넷
셀 수 없이 떨어지는 밤들은
겨울잠을 준비하며 땅 위에 살포시 눕네

낙엽들은 밤에게 이불을 덮어주듯
고소한 밤들 위에 올라가네

새들은 밤을 위해 자장가를 불러주고
밤들은 그 소리에 꿈나라로 떠나네.

내가 좋아하는 색

나는 파랑색을 좋아한다
바다처럼 넓은 생각을 할 수 있으니까
하늘도 파랑색이 좋은가 보다
나와 함께 넓은 생각을 할 수 있으니까

나는 검은색을 좋아한다
그 안에는 무한히 많은 색이 있으니까
우주도 검은색이 좋은가 보다
나처럼 무한히 많은 생각을 할 수 있으니까.

"선생님, 오늘 시 쓰나요?" 서준이가 저를 보고 하는 첫인사입니다. 똘망똘망한 눈에 장난꾸러기 미소를 짓던 서준이에게 "그래, 오늘 시 쓴다"하면 어느새 눈빛이 진지하게 변합니다. 그리고는 "와~시 쓴다"하고 두 손을 하늘 향해 흔들어 보이기까지 합니다.

「가을밤의 겨울잠」은 생각나래 백일장에서 차상을 수상한 작품입니다. 겨울잠을 준비하기 위한 '가을밤'의 이야기가 한 편의 동화 같습니다. '가을밤'이 떨어져 잠이 들기까지를 의인화하여 시는 생동감이 넘칩니다. 무엇보다 '가을밤'을 위해 함께하는 낙엽과 새들의 자장가에는 시인의 고운 마음이 느껴집니다.

수업 시간에 밝고 유쾌한 서준이가 중학생이 되니 사춘기 친구가 찾아왔나 봅니다. 서준이의 말수가 적어지고 의젓해졌거든요. 그러던 어느날 제게 수첩을 보여주었습니다. 그동안 수첩에 자신의 시를 적고 있었던 거예요. 아, 서준이가 이렇게 자신을 표현하고 있었군요.

저와 시조를 쓸 때입니다. 갑자기 저를 보니 시 생각이 났다면서 종이 한 장을 달라고 하네요. 그리고는 「술술쌤」이란 시조를 써서 제게 내밉니다. 어떤 시를 쓸지, 장난을 치는 것은 아닌지 살짝 걱정이 되는 마음으로 시조를 읽고 깜짝 놀랐어요. '공원의 꽃잎처럼 마음이 너그럽고/ 우리의 희망들을 지키는 선생님은/ 단 하나, 술술쌤이다. 누구보다 멋진 쌤'. 저는 서준이가 써준 시를 2년이 지난 지금도 읽어 봅니다. 서준이는 시인이 꿈이라고 말합니다. 도전을 한다는 것은 참으로 멋진 일이에요. 이미 도전을 한 서준이는 꿈에 한 발 다가갔어요. 좋은 선생님이 꿈이었던 저는, 서준이를 통해 제 꿈에 한 발 다가갔습니다. 우리는 그렇게 함께 꿈을 향해 걷고 있습니다.

17.
폭죽

영일 중학교 2학년 이은지

안녕하세요? 제 시 중에 폭죽이라는 시에 정이 많이 갑니다. 왜냐하면 저희 할아버지께서 직접 글씨체를 연구해 가며 시화전때 시를 써 주셨기 때문입니다. 그리고 시를 쓰면서 결과보다도 과정이 더 중요하다고 느꼈습니다. 시집을 준비하면서 저에게 시는 비밀기지가 되었습니다. 이 시를 읽는 독자 분들도 저와 같은 경험과 감정을 느꼈으면 좋겠습니다.

진짜 첫눈

사람들은 첫눈 볼 때 예쁘다고 말하지
밑에 깔린 진짜 첫눈 파도 타며 없어지지
첫눈은 녹아 버리지 진짜 영웅 잊혀지듯이.

주변 사랑 잎사귀

잎사귀는 다 같이 태어나고 떨어지고
거름이 돼 다른 친구 밥 챙기고 사랑하지
자신의 귀여운 아기 손 흔들며 안아주지.

폭죽

같은 날 같은 방향
하늘로 떠나가고

화려하게 불빛 내며
저 하늘로 숨어 버리고

다른 친구 눈치 보며
급히 뛰다가
찬란하게 사라진다.

자그마한 가을 하늘

구름 없는 상쾌한 가을 하늘
저 멀리서 빛나는 예쁜 해님
짹짹짹짹 노래하는 두 마리 새

미니어쳐 같은 사람
미니어쳐 같은 도시
작은 요정이 된 듯 신비하고
신나는 이 기분!

가을, 가을, 가을

빨갛게 익어가는 가을나무는
머나먼 곳에서
나뭇잎은 한 잎 두 잎
낮은 곳으로 내려앉는다

꽃은 가까운 곳에서
하얀색 물이 들었다
가을 저녁은 보석 같고
푸른 가을 하늘은 별 같다.

연꽃의 꽃말

진흙탕에서 자라도
잎과 꽃은 더러움이 묻지 않아

어떠한 곳에 있어도
그 색은 아름다워

연꽃의 줄기는
연하고 부드러워
강한 사람에게도 꺾이지 않아

연꽃은 피고 나서
바르게 열매를 맺어

연꽃은 어린 싹이 날 때부터 달라
꽃은 피지 않아도 연꽃인지 알아.

반장선거

내 이름을 쓸까 말까
내 마음이
몹시
흔들렸다.

낙엽

떼굴떼굴 굴러가
땅에서 놀러간다

멀리멀리 바람을 타고
즐겁게 여행하면

다시 나무가 되어서
새롭고 즐거운 삶을 산다.

「자그마한 가을 하늘」은 생각나래 백일장에서 은지가 쓴 시입니다. 구름이 없는 상쾌한 가을 하늘에 해님도 예쁘고, 노래하는 새의 노래에도 시인은 상쾌함을 느낍니다. 그리고 공원을 둘러본 시인은 가을 하늘이 되어 세상 아래를 바라봅니다. 미니어쳐 같은 사람, 미니어쳐 같은 도시. 그런 세상이 신비롭고 신이 납니다. 주위를 바라보는 은지의 시선은 참 밝습니다.

「반장선거」는 하루 있었던 일을 짧은 시로 표현한 것인데요. '내 이름을 쓸까 말까/ 내 마음이/ 몹시 /흔들렸다'로 한 문장이 1연 4행의 시가 되었습니다. 짧지만 반장선거를 나가본 사람은 누구나 공감을 할 거예요. 일상적인 소재를 한 문장으로 써도 행을 어떻게 나누느냐에 따라 시가 된다는 것을 보여주는 좋은 작품입니다.

그런 은지가 중학생이 되니 시풍이 변했습니다. 「진짜 첫눈」은 첫눈이 내리는 날의 첫 순간을 바라보는 시인의 시선이 돋보입니다. 첫눈이라면 처음 내리는 그 한 순간인 것을. 사람들은 첫눈이 예쁘다고 말하는데, 밑에 깔린 진짜 첫눈은 이미 사라지고 없다는 것을 진짜 영웅이 잊혀졌다고 표현을 했습니다.

은지는 한결같습니다. 제일 먼저 도착하고, 글은 끝까지 마무리합니다. 늘 성실하게 최선을 다하는 은지가 교내 백일장에서 최우수상을 받았던 날을 잊지 못합니다. 어느 날 은지가 제게 물었습니다. "선생님, 저는 글을 잘 쓰나요?" 그래서 저는 대답해 주었습니다. "그럼, 잘 쓰지. 그런데 은지는 생각쓰기를 더 잘해"라고요. 그래서일까요? 은지는 늘 자신의 생각을 쓰려고 노력합니다.

은지는 하얀 구름 같습니다. 파란 하늘 높이 떠 있는 하얀 구름처럼 생각이 자유롭습니다. 미소가 예쁜 은지. 넓은 하늘 세상을 마음껏 자유롭게 여행하길 바랍니다. 자유로운 꿈을 꾸길 바랍니다. 그리고 잘 해내리라 믿습니다.

18.

사계절의 색칠놀이

\

영일 중학교 2학년 임동혁

시는 도화지입니다. 자신의 생각과 마음을 그림으로 표현하는 화가처럼 저에게는 시가 저의 생각과 마음을 표현한 작품입니다. 시를 한 편씩 쓸 때마다 저의 작품집을 만들어 가는 것 같습니다. 그리고 우리 주위에 있는 작은 것들도 쉽게 지나치지 않고 의미 있게 보이는 마음을 갖게 되었습니다.

사계절의 색칠놀이는 지금까지 있었던 기쁘고 슬픈 마음을 표현하는 것입니다. 지금까지는 여름, 가을, 겨울이 지났다면 이제는 봄.

깨끗해진 마음을 채우는 좋은 기회가 될 것 같습니다.

나무의 삶

새로운 새싹들은 희망이 가득하네
비바람이 몰아쳐도 꿋꿋이 견디네
새싹은 나무가 됐네 이제는 어른이네

나무를 반기는 신기한 세상들
세상에서 출발하는 새로운 생활들
열매를 키워주면서 다른 삶을 시작하네

이제는 열매가 자라기 시작하네
새싹도 아빠와 같은 삶을 살고 있네
아빠는 나의 구원자 시작하는 새싹의 삶.

바다와 하늘 사이의 꼬리

해가 지는
석양 위에 꼬리 하나
밑에는 바다가
태양을 받아 준다
꼬리는 여유가 넘치게
바다를 지나간다.

우리를 녹이는 태양

얼어 있는 나무 아래 빼꼼히 보이는
뜨고 있는 환한 태양 하늘은 붉어진다

아침을 의미해 주는 반가운 종소리
얼어 있는 모든 것을 사르르 녹여주네.

나의 일주일

월요일 오게 되면 토요일 기다리고
화요일 오게 되면 조금은 행복하고
수요일 지나가라고 짜증나기 시작한다

목요일 오게 되면 내일은 금요일
금요일 오게 되면 이제 왔냐 소리치고
토요일 가지 말라고 조용하게 속삭인다

일요일 오게 되면 내일이 싫어지고
다시는 월요일이 되지 말라 소리치네
하지만 역시 월요일은 일요일에 뒤에 있다.

겨울 준비

나무들은 겨울 준비하면서
옷 사 입고
동물들은 겨울 준비하면서
먹을 거 챙겨 놓고
하늘은 나무들을 위해
온 힘을 다해 밝혀주네

그런데 우리는
겨울 준비를 뭐할까?

사계절의 색칠놀이

봄은
도화지에 분홍색을 칠한다

여름은
분홍 도화지에 푸릇푸릇 색을 더한다

가을은
빨간 물방울이
도화지 한 부분을 적신다

하지만 겨울은
다시 도화지를 하얗게 되돌린다.

가로수

등교할 때 매일매일 같이 가는 내 친구
언제나 어김없이 나에게 인사하네
오늘도 등교하면서 말을 한다 "같이 가"

하교할 때 같이 가는 내 친구 가로수
오늘은 학교 일을 열심히 말한다
언제나 내 말을 듣는 하나 뿐인 내 친구

이제는 볼 수 없는 나의 친구 가로수
언제나 친구를 열심히 기다리네
등하교 같이 다니던 나의 친구 가로수.

나의 거울

언제나 내 모습을 따라하는 내 동생
공부할 때 놀 때 언제든지 따라하네
동생은 하나 밖에 없는 나의 거울

침대에 누우면 옆에 있는 내 동생
일어나면 옆에서 조용히 자고 있네
오늘도 나를 쫓아다닐 따라쟁이 내 동생.

동혁이가 3학년때입니다. 노을 사진 한 장으로 노을이 지는 하늘과 그 아래 느티나무의 이미지를 생생하게 표현을 했더군요. 그때 동혁이의 시가 놀라워 칭찬을 해준 것이 동혁이가 시 쓰는 것을 제일 좋아하게 된 계기가 되었다고 합니다.

이번 시집에서는 청소년이 된 동혁이의 생각이 드러나 있습니다. 「나의 일주일」은 일주일을 바쁘게 지내는 요즘의 중학생 아이들의 모습이 그대로 담겨 있어서 친구들에게 큰 공감을 받은 시조입니다. 시적화자가 요일에 따라 느끼는 다양한 감정은 점층적으로 확장되면서 시조의 긴장감과 이완을 주었습니다.

「가로수」는 사춘기 소년의 고민과 친구를 그리워하는 마음을 시조로 잘 풀어내었습니다. 등교할 때는 가로수에게 하루의 시작을, 하교할 때는 학교에서 속상한 일을 가로수에게 말합니다. 언제나 시인의 이야기를 들어주던 가로수가 어느 날부터 보이지 않네요. 3수로 된 연시조로 주위에서 볼 수 있는 가로수를 의인화하였습니다. 특히 하루일과와 가로수가 베어지는 반전까지 세심하게 시상전개한 동혁이의 표현법이 놀랍습니다.

「바다와 하늘 사이의 꼬리」는 노을이 지는 바다를 한 폭의 그림으로 이미지화했습니다. 해가 질 때 보이는 석양의 끝자락을 바다가 받쳐주면 태양의 꼬리는 여유넘치게 지나간다고 표현을 했습니다. 간결하면서도 세련된 시. 누구보다 심상을 통해 회화적 요소를 잘 살리는 동혁입니다.

삐뚤삐뚤 커다란 글씨로 한 자, 한 자 자신의 생각을 적던 1학년 꼬맹이가 어느새 중학교 2학년이 됩니다. 8년째 이어가고 있는 동혁이와의 인연이 소중합니다. 동혁이는 지금도 충분히 잘하고 있습니다. 미래를 꿈꾸는 동혁이. 술술쌤에게는 최고의 시인입니다.

19.
가을 길

\

망포 중학교 2학년 조효준

저에게 시는 여행이라 생각합니다. 평범한 일상이란 틀에서 벗어나 새로운 세계로 갈 수 있는 열쇠와도 같은 존재이기 때문이죠. 처음에 시를 쓰려고 하니 잘 안 떠오르고 힘들기도 하였지만 쓰다 보니 굳이 멋있게 안 써도 된다는 생각에 부담 없이 제 생각을 표현할 수 있었습니다. 그리고 제가 쓴 시를 하나하나 읽어 보니 오그라들기도 하였지만 내심 뿌듯하기도 했습니다. 많이 부족하지만 잘 봐주셨으면 좋겠습니다. 그리고 이 시들을 쓸 수 있는 기회를 주신 김현경 작가님께도 감사드립니다.

꽃봉오리

꽃봉오리 한 송이 아름다움을 숨겼네
추위에 몸을 떨며 집 속으로 들어가네
슬프다 언제쯤이면 그 모습을 보일까

동그란 봉오리 위 노란나비 한 마리가
긴 잠을 깨우듯 나긋이 속삭이네
새빨간 아름다움은 고개 들고 반기네.

빛을 향해

이른 시간 나홀로 외로이 걸어간다
차가운 바람 불고 피곤함이 몰려오지만
따스한 빛을 품고서 꿋꿋이 나아간다.

가방

오늘도 담고 있다 파란색 내 가방에
하나씩 차곡차곡 내 꿈을 담고 있다
언젠가 하나씩 모여 내 가방을 채우겠지

조금씩 쌓여진다 나만의 꿈가방에
하나씩 담아보니 가방이 커져 간다
가방은 커져 가면서 나의 꿈도 커져 간다

가방에 들어 있는 나만의 꿈조각들
조각이 맞춰지며 내 꿈이 커져 간다
커지는 가방을 보니 뛰고 있다 내 가슴이.

졸업앨범

어느 날 발견한 졸업앨범
살포시 책상에 올리고 펼쳐 본다
사진 속 웃고 있는 나와 친구들
문득 추억에 빠져본다

한 장 한 장 넘기다가
주위를 둘러본다
많은 것들이 변해 있지만
나와 친구들의 웃음은 변치 않는다.

가로등

무엇을 위해 홀로 서 있는지
무엇을 위해 추위를 버티는지
무엇을 위해 어두운 길 밝히는지

아무리 물어보아도
꿋꿋이 그 자리 그대로다
우리는 알 수 없다
가로등이 왜 이리 환한지.

텅 빈 무대

텅 비어 있는 무대
고요하다 약간의 새소리 뿐
조용하다 어두운 무대 위

고요함을 깨고
노래를 불러 본다

서서히 모여든다
노래하던 새들이
어두웠던 가로등이
멈춰 있던 나무들이

무대 위는 비어 있지만
비어 있지 않는 노랫소리.

창문

작디작은 창문
하지만 넓은 창문

창문은 그림 같다
넓은 세상을 하나의
액자에 담아 놓은 그림

창문은 영화 같다
지나가는 친구들도
지나가는 새들도
전부 담아 놓은 한 편의 영화

작지만 넓은 창문
오늘도 창문 같은 내 눈으로
세상을 바라본다.

가을 길

쌀쌀한 바람이 부는 가을 길
낙엽도 소리 없이 흩날리는 가을 길

하지만 어둡지 않은 가을 길
푸른 달빛이 비추고 있다
저 달빛을 담고 싶다
소중히 간직하고 싶다

그래도 괜찮아
내일도 이 길을 비추어 줄 테니.

효준이와 함께한 두 번째 시집입니다. 첫 시집인 「시가 별들에게」는 초등학교 시절의 순수하고 풋풋한 동시로 가득했다면, 이번 시집에서는 한층 성숙하고 깊이가 있는 시들로 꽉 차 있습니다.

「가방」은 시조대회에서 우수상을 받은 시조입니다. 시인은 파란색 가방을 소재로 꿈을 노래했습니다. 하나씩 차곡차곡 꿈을 담고 담습니다. 가방에 들어 있는 시인의 꿈조각들이 맞춰지며 꿈은 더 커져갑니다. 1수에서 3수까지 가방에 꿈을 담고 커지는 과정이 점층적으로 확장되어 읽는 독자에게도 기대감을 줍니다. '커지는 가방을 보니 뛰고 있다. 내 가슴이'로 마지막 종장은 커다란 울림을 줍니다. 꿈을 꾸는 한 소년의 뛰는 가슴이 함께하는 이들에게도 전해집니다.

「가로등」에서는 시인의 고민이 담겨 있습니다. 1연에서 시인은 홀로 서 있는 가로등을 보며 무엇을 위해 홀로 서 있는지, 무엇을 위해 추위를 버티는지, 무엇을 위해 어두운 길 밝히는지 생각에 잠깁니다. 그런데 2연에서 시인의 관점과 태도에 변화가 찾아옵니다. '꿋꿋이 그 자리 그대로다/ 우리는 알 수 없다/ 가로등이 왜 이리 환한지'로 변함없는 가로등을 이야기합니다. 우리 모두 앞에 펼쳐질 미래를 알 수 없어요.

그래서 더 두렵지요. 하지만 변함없이 꿋꿋하게 자리를 지키며 어두운 길을 밝혀주는 환한 가로등. 시인이 되고 싶은 모습이 아닐까요?

어느 날 효준이의 눈가가 촉촉합니다. 저와의 수업이 끝나자마자 다른 학원을 가느라 힘들었나 봅니다. 그날 효준이와 함께 시를 썼습니다. 바로 「가을 길」입니다. 쌀쌀한 바람이 불고 낙엽도 소리 없이 흩날리는 가을 길을 걷는 시인의 모습이 그려집니다. 그런데 푸르른 달빛이 시인의 길을 비추고 있습니다. 그 달빛을 놓치지 않고 시인은 가슴에 소중히 담습니다. 시에 녹여진 효준이의 마음. 바로 제가 효준이를 좋아하는 이유이기도 해요.

효준이는 주위를 행복하게 하는 힘이 있어요. 달빛의 꿈을 가슴에 담고 있는 효준이는 이미 멋진 시인입니다.

20.
꿈나무
\

잠원 중학교 3학년 김현서

어렸을 때 처음 시를 알게 된 후로 여러 가지 주제로 시를 썼습니다. 식물에게 거름이 필요하듯이 이 시들은 저에게 필요한 거름처럼 느껴집니다. 하나하나 밑거름이 되어서 쌓아가다 보면 점차 제 시도 식물처럼 쑥쑥 클 것이고 그러다 보면 나무 하나가 자라게 될 것입니다. 그 나무는 저의 작은 밑거름부터 시작해 성장한 나무이고 점차 크고 멋있게 자라날 제 삶 하나의 꿈나무입니다.

생명의 바람

시원한 여름바람 살랑살랑 불어오네
푸르른 나뭇잎들 살랑살랑 춤을 추네
모두들 바람에 맞춰 살랑살랑 움직이네

뜨거운 햇빛으로 시들시들 말라갈 때
바람이 불어와서 생명을 불어주네
신비한 생명의 바람 포근포근 내 바람.

저녁 하늘

바다는 출렁이고
해는 잠들기 위해 스르르 사라지고
새들은 서로 가족 찾아 불러보네

저녁 하늘
모두 힘들었던 하루를 끝내는 시간
내일을 기대하게 되는 시간

저녁 하늘
모두의 휴식 시간.

비 오는 날

똑, 똑, 똑
창문 밖에서 문을 두드리네
누굴까?
오늘의 손님은 외로운 비

찰방찰방
아이들이 장난치는 날씨
짹짹
새들이 지저귀는 날씨

외로운 비였지만
그 속에는
웃음 가득 무지개를 품고 있네.

하얀 눈

소복소복
하얀 눈이 내려오네
모든 곳이 하얗게 물드네

사박사박
조심히 그리고 천천히
한 걸음씩 앞으로 나아가네

어두웠던 내 마음
하얗게 덮어버리고
새로운 준비를 시작하려 하네.

꿈나무

사르르 사르르 눈이 녹고
조용히 조용히 싹이 나요

조금씩이지만 천천히
내 꿈을 알기라도 하는 듯
같이 나아가려고 해요

모두의 꿈을 가지고 있어
힘듦과 행복을 같이 가지고 있어요.

거울

거울에 비친 내 모습
너무 초라해 보여
가을나무처럼 아름답고 싶고
하늘처럼 큰 꿈을 가지고 싶어

거울은 무심히 보면 미운 오리이지만
자세히 보면 아름다운 백조가 될 수 있어

거울은 나의 겉모습과
나의 속모습을 보여 주는
진실된 거울.

가로수

아침에 일어나서 걸어 본 가로수 길
나무들 살랑이고 들려온 웃음소리
아침에 조명 꺼지는 햇살 가득 가로수

새벽에 일어나서 다시 본 가로수 길
새들이 지저귀고 예쁜 꽃 활짝 피네
새벽에 조명 켜지는 아름다운 가로수

저녁에 다시 나와 조용한 가로수 길
모두가 잠을 자고 나만 본 달빛의 길
저녁에 조명 켜지고 보게 되는 마음의 길.

겨울의 비상식량

하얀 눈 소복소복 쌓여 있는
조그마한 나뭇가지에
빨간 열매 달려 있네

누구에게 줄 선물일까
배고픈 친구들에게
선물해 주고 싶어

잠들어 있어도
열매를 품고 있는
겨울의 비상식량.

현서의 시에는 희망이 있습니다. 「비 오는 날」에 손님이 찾아옵니다. '똑똑똑' 문을 두드리는 손님은 외로운 비. 그런데 밖에서는 '찰방찰방' 아이들이 장난치는 날씨이고요. '짹짹' 새들이 지저귀는 날씨입니다. 외로운 비이지만 그 속에는 웃음 가득한 무지개를 품고 있습니다. 적절한 의성어의 사용은 현서만의 타고난 장점이고요. 외로운 비이지만 웃음 가득한 무지개는 시인의 삶의 철학까지 이야기해 줍니다. 그래서일까요? 현서의 시를 읽으면 많은 생각을 하게 됩니다.

「저녁 하늘」에서는 반복법이 돋보입니다. 1연에서 '새들은 서로 가족 찾아 불러보네'라는 문장으로 마무리를 했습니다. 2연과 3연에서는 '힘들었던 하루를 끝내는 시간/ 내일을 기대하게 되는 시간/ 저녁하늘 /모두의 휴식 시간'처럼 '시간' 이란 명사의 반복은 시의 운율감과 여운까지 줍니다.

「거울」과 「가로수」에서는 사춘기를 보내고 있는 소녀의 모습이 그려집니다. 「거울」을 보면 거울에 비친 시적화자 모습이 너무 초라해 보입니다. 하지만 화자는 가을나무처럼 아름답고 하늘처럼 큰 꿈을 가지고 싶습니다. 지금은 미운오리지만 백조가 될 거란 꿈을 꿉니다. 거울을 통해 겉모습과 속모습을 모두 바라보는 시인에게 박수를 치고 싶어요.

「가로수」는 3연의 연시조로 가로수 길을 걷는 소녀가 있습니다. 아침에 걷는 가로수, 새벽에 걷는 가로수. 저녁에 다시 나와 걷는 조용한 가로수 길. 모두가 잠을 잘 때 걷는 가로수 길을 달빛의 길이라 표현한 점이 신선합니다. 그제서야 보이는 마음의 길은 차분하게 자신을 돌아보는 시인의 모습이겠지요.

시인은 「꿈나무」에서 힘듦과 행복을 같이 가지고 있다고 했습니다. 우리 모두 꿈을 가지고 있을 거예요. 힘듦과 행복을 같이 가지고 있기에 우리의 삶은 더 멋진 거 아닐까요? 어떤 상황에서도 희망을 찾는 현서와 함께한 이 시간이 행복합니다.

21.

가을 하늘

\

영일 중학교 3학년 유혜림

어둑해진 마음을 환히 비춰주는 시들은 제게 큰 힘이 되어 주었습니다. 시로 사람들에게 희망과 용기를 주는 것은 참 가슴뭉클한 일인 것 같습니다. 슬픔을 따스하게, 지친 마음을 편안하게 해주는 시를 쓰고 싶습니다.

별들은

내 뒤에 있어 주던 빛나는 별들은
어느 순간 흔적 없이 저 멀리 도망갔다
아무도 찾지 못한다 서쪽으로 떠나서

너라도 한결같이 있어서 좋았는데
이제는 너조차 없어서 힘들어
또다시 나의 곁으로 돌아올 수 있을까.

가을 하늘

파란 하늘 올려다보면
가라앉는 내 마음

미워하는 친구 생각하다가도
가을 하늘 파란 하늘 보면

흘러가는 구름이
나에게 말을 건다

마음이 무겁지?
괜찮아, 다 잘 될 거야.

나의 길

혼자서 걸어 보는
외로웠던 나의 길

다시 한 번 돌아봐도
그림자만 남아 있다

달빛의 웃음은 언제쯤
나에게로 찾아올까.

상자 안엔

상자 안엔
내 어릴 적 사진
보지 않는 책들
탁자에 있는 액자
나의 졸업앨범이 들어 있다

상자 안엔
추억이 물든 기억
손때 묻은 지식
그리워진 가족
찬란했던 학창시절이 있다.

엄마

뒷모습이 쓸쓸합니다
손에는 못 보던
굳은살이 많습니다

희고 곱던 피부도
거뭇거뭇 푸석푸석해졌습니다

그래도 마음만은 아직 20대
열심히 달리고 있는 청춘입니다

힘들거나 슬프거나 우울하면
언제든지 쉬었다 가세요.

가로등

깜빡깜빡
켜질까 꺼질까

조마조마하는
내 마음이
가로등 같아서

내 머리 위 한 번
올려다봤습니다.

화해

한참 동안 말이 없어
무서웠고 힘들었다

먼저 말을 걸어 주어
고마웠고 행복했다

우리가 다시
손잡고
안아 주고
웃고 떠들며
서로에게 보탬이 되어 주기를

하늘이 아닌
너에게 빈다.

술술쌤

메마른 땅에 물을 주어
비옥하게 해 준다

비옥해진 촉촉한 땅에
씨앗을 뿌려준다

뿌린 씨앗들에게
물을 주어 잎이 달리게 한다

우리는 그 잎이 떨어지지 않게 잡고
술술쌤은 꽃까지 피워 주신다

나에게 술술쌤이란 그런 존재이다.

'시가 별들에게' 시 콘서트 때가 떠오릅니다. 혜림이가 자신의 시를 캔버스 액자에 쓰고 그림을 그려서 가지고 왔습니다. 정성을 다한 그림과 글씨에 혜림이의 마음이 느껴져 액자를 오랫동안 바라보았습니다. 바로 「가을 하늘」입니다. 이 시에서는 파란 하늘을 바라보고 있는 가을 소녀가 있습니다. 시인은 가을 하늘의 구름을 보며 속상했던 자신의 마음을 다독여 봅니다. 시를 읽는 독자도 함께 위로를 받습니다. 꾸밈이 없어도 마음을 움직이는 치유의 시입니다.

「엄마」는 시인이 엄마를 얼마나 사랑하는지 느껴지는 시예요. 자신들을 위해서 열심히 생활하시는 엄마를 보고 '힘들거나 슬프거나 우울하면/ 언제든지 쉬었다 가세요'라고 말합니다. 혜림이의 고운 마음에 어머님은 얼마나 행복하실까요?

이번 시집을 준비하던 어느 날 혜림이가 수첩 한 권을 놓고 갔습니다. 그 수첩에는 학교 생활, 친구 고민이 그대로 시로 적혀 있었습니다, 사춘기 혜림이의 모습에서 저의 어린 시절을 만났습니다. 그때 「술술쌤」이란 시가 제 눈에 들어왔습니다. '메마른 땅에 물을 주어/ 비옥하게 해준다/ 비옥해진 촉촉한 땅에 씨앗을 뿌려준다'로 시작해서 꽃까지 피워주네요. 그동안 중학교 2학년인 혜림이와는 스승과 제자이며, 친구처럼 지내왔어요. 혜림이와의 멋진 인연이 고마워 눈물까지 핑 돌았습니다.

화려한 표현법이 없어도 담백하게, 자신의 마음을 솔직하게 표현하는 혜림이의 시는 독자의 마음을 위로하고 치유하는 힘이 있어요. 혜림이는 자신이 별처럼 반짝반짝 빛난다는 것을 알고 있을까요? 별 같은 혜림이. 이미 멋진 시인이에요.

22.

소년과 소녀

\

영일 중학교 3학년 진예원

시 속 이야기 안으로 들어가 시라는 추억에 잠기게 해 주고 싶었어요. 힘들 때 위로해 주는 노래가 되어 주고 싶고 싶었어요. 그 기쁨을 더욱 상쾌하게 해 주는 날씨처럼요.

제 시를 읽어 주시는 독자분들이 그저 맘 편하게 추억 여행을 하시는 느낌으로 잠시 이야기의 놀이터에 들렀다 가셨으면 좋겠습니다.

가을들판

하늘이 무지개란 색을 입고 있다
간절한 나뭇잎은 나뭇가지에 꼭 붙어 있고
산책하던 바람은 이리로 놀러와
답답한 세상에게 휴식을 만들어 준다.

소년과 소녀

머리는 어깨 길이
발그레한 두 볼
웃을 때 눈이 사라지는
밝은 햇살 같은 소녀

장난기 가득한 얼굴
가득한 볼살에
해맑은 미소를 가진
개구쟁이 소년

잡은 두 손에
수많은 떨림과
일렁이는 마음

푸른 나무 사이에서
보이는 오솔길 사이로
서로를 바라보며
나란히 걷는다.

시든 꽃에 물을 주듯

건조한 내 맘에
너라는 비가 내린다

캄캄한 슬픔을
오로지 행복으로 가득 채운다

네가 나에게
새로운 향기를 건네 준다.
시든 꽃에 물을 주듯.

너라는 태양

검은 바다 위
붉은 태양이 내려온다

너라는 태양이
검은 내 맘에
따스히 스며온다.

가시꽃

모든 걸 두려워하는 나의 곁에
묵묵히 맨발로 나의 곁에 있는 너
찢기고 힘든 역경을 같이 건네

찢기고 흔들리는 나의 곁에서
꽃으로 피어나 다가오는 너는
끝까지 나를 슬프게 하네.

벤치

아무도 없는 한산한 거리
푸른 자연의 적막한 소리

가로등 불빛 하나 비춰진
벤치에 앉아 눈을 감는다

내 힘든 마음을 씻겨 주는
시원한 푸른 바람을 맞으며

힘들었지? 이젠 괜찮아
다시 한 번 내 마음을 달랜다.

편지

너를 담아
한 자 한 자 내린다

흰 종이에 품은 검은 잉크가
너의 마디를 채운다

여러 지움과 쓰기를 반복한 나지만
읽는 건 한 순간 뿐이더라도

그 순간 속에서
그대가 나를 생각해주기를 바라며

나는 오늘도 편지를 쓴다.

곰인형

기쁘거나 슬플 때
내 옆에 있던 내 친구

아무 말 없이
묵묵히 지켜준 든든한 너

이젠 안아 주지도
사랑할 수도 없다

시간이 지나고
모든 게 변해도

난 아직 너를 그린다.

예원이는 성실한 감성시인입니다. 다른 친구보다 고민을 많이 하고요. 그 결과물을 시로 표현하는데, 그 시 안에는 또래 소녀의 감성이 그대로 묻어나 있습니다. 초등학생들은 쓰지 못할 15세 소녀의 이야기를 간결하면서도 솔직하게 표현합니다.

예원이의 시에는 '너'가 많이 나옵니다. 「시든 꽃에 물을 주듯」에서 건조한 내 맘에 '너'라는 비가 내리고, 캄캄한 슬픔을 행복으로 채워주는 것도 바로 '너'입니다. '너'는 나에게 새로운 향기를 건네주면 '나'는 아름다운 꽃이 됩니다.

「너라는 태양」에서도 검은 바다에 붉은 태양이 내려옵니다. '너'라는 태양이 내려오면 검은 '나'의 마음도 따뜻해집니다. 검은 바다와 붉은 태양의 시각적 심상과 색채의 대조는 2연에서 좀 더 구체화 됩니다. '너'는 태양이고 '나'는 검은 마음의 바다입니다. 그런데 예원이의 시가 더 아름다운 것은 '너'의 따스함이면, 그 따스함을 받아들이는 '나'의 마음이 있기 때문입니다.

「가시꽃」은 예원이의 첫 시조입니다. 빨간 꽃이 핀 사진 한 장을 보며 가시꽃을 생각했습니다. 모든 것을 두려워하는 화자 곁에서 찢기고 힘든 역경을 같이 보내는 '너'. 꽃으로 피어나 다가오는 '너'는 끝까지 슬프게 한다는 2수의 연시조는 사춘기 소녀의 감성으로 시조대회에 본선까지 진출한 작품입니다. 예원이가 말하는 '너'는 누구일까요? 궁금하기도 하면서, 15세 예원이가 귀여워 미소도 지어집니다.

사춘기 예원이를 만나 함께하는 동안 행복했습니다. 얼굴만큼 마음도 예쁜 예원이의 시를 읽으면 10대 소녀의 풋풋한 감성이 그대로 느껴졌거든요. 딱 그 시대의 소녀가 쓰는 첫사랑 짝사랑의 시들. 그래서 예원이의 시는 사랑스럽습니다. 시인 예원이는 더 사랑스럽습니다.

23.
새로운 하루의 시작

영일 중학교 3학년 최인성

하늘을 보면 해와 달이 있고, 구름과 별이 있고, 땅에는 꽃과 벌이 있습니다.

너무나 익숙한 무언가, 이게 저에게 시라는 존재입니다. 시집이라는 첫 도전이 큰 경험이 되고, 밑거름이 될 것입니다.

제 시가 누군가의 힘이 되어 주었으면 좋겠다는 희망 하나를 가지며 이 시를 썼습니다. 제 시가 한 사람에게 힘, 희망, 즐거움이 되었으면 좋겠습니다.

새로운 하루의 시작

바다 위 고독한 배 노을에 물들고
바다에는 해가 물감을 타놓고

어두운 밤바다에는
새로운 해가 파도에 휩쓸린다.

가을이 오면

나뭇가지마다 방울방울 장식이
바람에 흔들려 딸랑딸랑 가을 맞고

잎사귀는 가을에 부끄러움을 타서
초록색 얼굴이 붉게 달아오르고

보슬보슬 가을비 사이에서
마음을 가을로 가득 채운다.

고양이

붉은빛 가득한 하늘 아래
회색 빛 꼬리 흔들며 달려가는
붉은 보도블럭 위 행복한 고양이.

가을

꿈을 빚던 나와 빨갛게 익어가는 가을
꽃잎 지고 열매를 품은 가을 나무
그리고 나를 부르는 바람 한 결

바람 따라
햇빛과 웃고 놀고
냇물에 뛰어들고

차가운 가을
바람에 손끝이 시리면
낙엽은 이불삼아
꿈속으로 빠져드네.

민들레 홀씨

길가마다 피어 있는 하얀 솜사탕
손을 뻗어 솜사탕 쥐어 들면
홀씨는 바람 타고 퍼진다

바람 따라 날아가다
흙 위에 누우면
노랑 꽃들이 숲을 만든다.

비눗방울

동그란틀 비누 묻혀
입으로 불면
하늘마다 맺히는 투명색 유리구슬

떨어지는 유리구슬
손을 뻗어 올려놓으면
언제 있었다는 듯 터져버리는
야속한 투명 구슬.

벼

물 밖으로 고개 내민 초록색 머리들
바깥세상 궁금한 듯 엉겨 붙어 고개 든다

찰박찰박 오리에게 잎 흔들며 안아 주고
토독토독 빗방울에 고개 숙여 인사하고
따스한 햇빛 받고 노랑색으로 익어가다

가을에 하늘이 높아지는 어느 날에는
나도 사람들에게 힘이 되겠지.

가을 산의 하루

새들이 햇살보고 노래부를 때
다람쥐는 도토리 입에 물고 웃을 때
나는 가을을 맞기 위해 치장합니다

해가 자기 위해 누울 때
다람쥐가 잠을 자러 나무집에 들어갈 때면
나는 옷을 벗고 바람에 몸을 맡깁니다.

인성이에게 시창작은 놀이입니다. 놀이터에서 신나게 노는 것처럼 인성이는 시를 쓰면서 상상의 놀이터에서 마음껏 노는 듯 합니다. 시를 쓸 때도 생각을 툭툭 종이에 적으며 거침없이 적습니다. 그런데 그 시들을 읽어보면 놀라지 않을 수가 없어요.

「가을 산의 하루」는 생각나래 백일장에서 준장원을 한 작품입니다. 가을산은 새들과 다람쥐를 따뜻한 시선으로 바라봅니다. 새와 다람쥐가 저녁이 되어 돌아가면 가을산은 바람에 몸을 맡기며 여유를 느낍니다. 가을을 맞이하기 위해 준비하는 가을 산에서 시인의 고운 마음이 느껴집니다. 시인은 가을산을 의인화하여 가을을 맞이하는 산의 이미지를 선명하게 그려주었습니다. 1연과 2연은 대구법과 아침과 저녁이라는 시간을 활용한 시상전개는 시의 완성도를 높여 주었습니다.

「가을이 오면」은 의인화와 의성어, 의태어를 사용하여 가을이 오는 풍경을 생동감 있게 표현했습니다. 나뭇가지마다 '방울방울' 장식이 달리면 바람에 흔들려 '딸랑딸랑' 가을 맞고요. 잎사귀는 가을에 부끄러움 타서 초록색 얼굴이 붉게 달아오른다고 표현했습니다. 그때 '보슬보슬' 가을비가 내리면 시인의 마음을 가을로 채웁니다.

인성이의 시를 읽으면 의인화, 대구법, 의성어, 의태어, 도치법 등 다양한 비유법을 사용하고 있습니다. 그리고 시상 전개가 섬세합니다. 그래서 독자에게 공감과 감동을 줍니다. 누가 가르쳐서가 아니라 인성이도 모르게 표현을 하고 있는 것입니다.

인성이의 꿈은 작가예요. 인성이의 도전은 이미 시작되었습니다. 지금도 친구들은 인성이의 소설과 시를 좋아해요. 인성이가 많은 사람들에게 희망과 위로를 주고, 인성이 역시 독자들에게 사랑을 받는 작가가 될 거예요. 그런 인성이의 모습을 상상하니 참 행복합니다. 무한한 가능성을 가진 인성이가 자랑스럽습니다.

인성아, 할 수 있어. 네 자신을 믿으렴.

24.

날아온 씨앗 하나

\

영덕 고등학교 1학년 최서영

정신없이 자신의 삶을 살아가다보면 잊고 지내는 것들이 있습니다. 아무도 모르는 사이에 자연스럽게 작고 여리지만 파도치듯 서서히 밀려 변화를 가져오는 것. 어쩌면 작고 볼품없지만 가장 소중한 것은 작은 것들로부터 시작되는 게 아닐까요?

작은 씨앗 하나가

아무 것도 없던 들판 위에
어느 날 바람에 살랑 날아온
씨앗이 꽃을 피웠네

위태로이 흔들리며
한 해를 넘기고
겨울 지나 서서히 늘어나는 꽃들

작은 씨앗 하나가
바람에 날려
만들어온 작은 꽃밭.

겨울비

차가운 겨울 하늘
내리는 겨울비

겨울날 흩날리는
차가운 눈송이들

새하얀 눈밭으로
골목길을 채워낸다.

날아온 씨앗 하나

민들레 바람에 날리듯
살며시 날아온 사진 한 장
어두운 사진 속 콩알 한 알

작디작은 콩 하나
어느새 자라
세상으로 고개를 내민다

아직 여린 콩알
혹여 부서질까 걱정
혼자 남겨질까 걱정
버거운 걱정들로 밤을 만든다

설렘과 불안을 함께한 채
하루를 그렇게 맞이한다

어느덧 자란 콩알이 채운다
밤하늘의 어둠을
자신이 별인 것처럼 빛난다

밝고 따스한 네가
달에게 미소를 띄우며
나를 언니라 부른다.

벚꽃 한 송이

살포시 떨어져 구르는 벚꽃 한 송이
흐트러지지도 뜯어지지도 않고
톡 떨어져 살포시 내려앉은 한 송이

누가 이리 톡 따아뒀나 보니
아무도 없다
두리번거려도 나 뿐이다

바람 살랑 불자
날아가는 벌새 한 마리
꿀 빨아먹고 툭 내려놓으니
톡 떨어졌구나.

그 곳

차를 타고 길을 떠날 때면
창밖의 모습이 순식간에 변해 간다
빨간 불빛에 잠시 멈춰 창밖을 보면
어느 곳에 가도 나를 따라오는
내가 보지 않아도 나를 따라오는
달과 별이 언뜻 보인다
빨간 빛이 사라지고 푸르게 변해갈 때
여행은 다시 시작된다
달과 별이 밝히는 곳에서.

종이배

흐르는 시냇물
오색빛 종이로
고이 접은 종이배
잔잔한 시냇물 따라
꿈을 실은 종이배
넓은 곳으로 흘러가

활짝 펼쳐질 꿈.

코스모스

어둡고 볼품없는 마음 속에
빛이 없는 동굴 속에
어느 날 싹이 자랐다

별똥별에 소원비는 여느 아이처럼
설렘과 불안을 함께한 채
몽글몽글 피어난 꽃송이

어느새 꽃이 만개하고
코스모스로 가득 찬
내 마음은 가을 코스모스 밭

따스한 꽃내음 맡고 찾아온
반딧불이 친구들이 하나 둘 반짝인다.

우주 속에

저 넓은 우주 속에
같은 것 하나 없는 행성
갈 곳 없이 헤매는 행성
떠다니는 우주 속에
지구행성 들여다 본다

우주 같은 지구
우주 속의 지구
각각의 다름을 인정하고
다양함을 포용하는
우주 그리고 그 안의 지구

함께이기에 빛남을
함께하기에 존재함을
가장 잘 알기에
언제나 아름다운 하나인 걸.

시에는 시인의 감성과 인생철학이 담겨 있습니다. 서영이의 시에는 커다란 꿈이 담겨 있습니다. 「우주 속에」는 두 가지의 관점이 만나 하나를 이룹니다. 넓은 우주 속에 떠다니는 행성. 떠다니는 우주 속에서 들여다 보는 지구행성. 우주 같은 지구, 우주 속의 지구는 다름을 인정하고 다양함을 포용하는데요. 결국 함께하기에 아름다운 하나임을 시인은 말합니다.

「날아온 씨앗 하나」에서 바람에 날려 온 씨앗 하나가 세상에 고개를 내밉니다. 그런데 시적화자는 여린 콩알이 부서질까, 혼자 남겨질까 걱정하느라 밤을 지샙니다. 그렇게 설렘과 불안을 함께하던 어느 날 콩알은 밤하늘의 어둠을 별처럼 밝힙니다. 작은 씨앗은 서영이의 동생이에요. 동생을 향한 언니의 마음이 전해졌겠죠?

「날아온 씨앗 하나」와 「코스모스」 모두 10대를 보내고 있는 서영이의 모습이 잘 드러납니다. 사춘기를 보내는 소녀는 아직 두렵습니다. 그냥 지나칠 수 있는 소외된 사물에 시선이 머물며 함께합니다. 그리고 그 사물에게 사랑을 주며 빛나게 합니다.

「코스모스」 역시 어둡고 볼품없는 마음 속 빛이 없는 동굴 속에 싹이 자랍니다. 별똥별에 소원을 빌며 설렘과 불안을 함께하며 꽃송이는 피어납니다. 시인의 마음에 가을 코스모스가 활짝 핍니다. 그리고 반딧불이 친구들도 반짝입니다.

「종이배」는 흐르는 시냇물에 띄워 보내는 오색빛 종이배, 잔잔한 시냇물 따라 꿈을 실은 종이배는 넓은 곳으로 흘러가 활짝 꿈을 펼칩니다. 서영이는 꿈이 가득한 아이입니다. 열정이 있고 도전하는 아이입니다. 아직은 미래가 두렵지만 설렘이 더 크며, 따뜻한 마음으로 자신과 주위를 빛나게 하는 아이입니다.

6학년때 만난 서영이가 고등학생이 되었습니다. 서영이의 시는 물결과 같습니다. 잔잔한 강에 느껴질 듯 말듯 일렁이지만 그 물결이 강물을 더 아름답게 해주니까요. 서영이는 내면이 강하고 아름다운 강물의 은빛 물결입니다.

무지개를 품은 씨앗

김현경 시인과 소년 · 소녀의 시 이야기

초판인쇄 2020년 3월 20일
초판발행 2020년 3월 31일

지 은 이 김현경
펴 낸 이 노용제
펴 낸 곳 정은출판

주 소 서울특별시 중구 창경궁로 1길 29 (3F)
전 화 02-2272-9280
팩 스 02-2277-1350
이메일 rossjw@hanmail.net
ISBN 978-89-5824-405-9 (03810)

값 10,000원